水中を泳ぐ魚のように

時野かな
KANA TOKINO

街灯出版

目次

水中を泳ぐ魚のように

1

今まで榎本奈々枝は、朝、一人暮らしの東京のマンションのエントランスを出た後、空を見上げていた。それは出勤前に、奈々枝がいつもやる習慣だった。例え、空が晴れていなくても、曇りでも雨でも雪でも、空を見上げる。そして、駅に向かって歩き出す。いつも変わらず頭上に広がる空を見るだけで、何故か安心するからだ。ずっとそうだった。

だけど今日は、いや、一ヶ月前から、事情は違っていた。この一ヵ月間、奈々枝は空を見上げる事を避けていた。何故なら、もう空は、今までの空とは違うから。正確にいうと、空は今まで通りなのだけど、その空に、今までは存在していなかった異物が、混ざっている。

奈々枝は手に持っていた白いヘルメットを頭に被ると、俯いたまま、駅に向かって走り出した。

「おはよう、榎本さん」

奈々枝が会社の自分の席につくと、隣の席の田中博美が朝の挨拶を言った。奈々枝は挨拶を返した後、自分の机のパソコンを起動させながら、博美の机を横目で見た。机の上には、赤い色のヘルメットが置いてあった。

「田中さん、ヘルメット変えたんだね」

奈々枝が言うと、博美は笑顔で、

「うん、そうなの。やっぱりさぁ、学生時代に使っていた白いヘルメットはちょっとどうなのかなって思って。なんか、ダサいよね」

「そうだね……」

奈々枝は自分の机の上の白いヘルメットに視線を移した。確かに、ダサい。おしゃれなイメージとは程遠い。中学の時、自転車通学で使っていた時も嫌でしょうがなかった。だけど、そこはやはり安全のためと割り切っていた。そして、今も同じ気持ちだ。ダサいけど、安全のためにはしょうがない……。

「田中さんのヘルメットってどこで買ったの？」

「サイクルロードっていう渋谷にある店。兄が通勤で自転車を使ってて、行きつけの店なんだけど、ついでに買って来て貰ったの」

「そうなんだ。でも……赤い色って、ちょっと不安にならない？」

「……うん。正直、それはある。目立つ色だからね」

博美は少し顔を曇らせた後、

「でもどうせ被るならおしゃれな物がいいなと思ってさ」

そう言って笑顔になった。

前向きだな、と奈々枝は思った。田中さんはきっとどんな状況でも少しでも明るく楽しい気持ちで過ごしたいと心がけているのかもしれない。見習いたいと思う反面、私には無理だと思った。辛い事や嫌な事があると、その事にどっぷりはまり込んでしまい、うじうじと悩んでしまう。私はそういう後ろ向きな性格だ。態度にはあまり出さないので、回りには何があっても平然としているように見えるかもしれないけれど……。

午後六時になって仕事が終わり、奈々枝が帰ろうとヘルメットを持ちながらエレベーターを待っていると、背後から声を掛けられた。

「榎本さん、帰るの？」

振り向くと、営業部の最上和也が立っていた。手には、青いヘルメットを持っている。

「うん。ウッシ……最上君も？」

「そう、今日は早く終わったから。じゃあ、これから飲みに行かない？」

「いいね、行こう」

奈々枝と最上は揃ってエレベーターに乗り込んだ。エレベーターの中で、奈々枝は横にいる最上の大きく、ふくよかな体をぼんやりと眺めた。最上はとても背が高く、体格も良かったが、それ以上に、とてもふくよかな事が特徴だった。なんだか最近、また、ふくよかさが増したような……。同じ生命保険会社に勤める奈々枝と最上は商品企画部の事務と営業部の営業と、仕事の内容こそ違うが、二人とも同じ三十四歳だという事と、時々社内で顔を合わせて会話を交わしていたら妙に気が合った事から、たまに飲みに行く関係になっていた。

奈々枝は最上と初めて会った時、何故か子供の時に持っていた牛のぬいぐるみを思い出した。それ以来、心の中でだけ、最上の事をウッシーヌと呼んでいる。牛のぬいぐるみだから、略してウッシーヌだ。あんまり略してないか。

奈々枝と最上は行きつけの居酒屋に着き、二人用のテーブルに向かい合わせに座った。とりあえず生ビールを二つ注文し、メニューを見て適当に食べる物を注文しようとしている時に、最上が言った。

「唐揚げ、頼んでいい？」

「いいよ」

「フライドポテトの山盛り、頼んでいい？」

「いいよ……」

奈々枝は相変わらずだな、と内心苦笑した。最上は揚げ物が大好物なのだ。だからこそのこの体形なのだろうと思いながら奈々枝は何気なく、店内の様子を眺めた。

いつも混んでいる店だが今日は七割ほど、席が埋まっていた。奈々枝達と同じような会社帰りのサラリーマン風の人達、大学生風のにぎやかなグループ、楽しそうに話しこんでいるカップルなど、様々な客がいた。だけど、どの客にも共通して、客の人数分のヘルメットがテーブルに置いてあるか、椅子の背もたれに掛けてあった。

注文したビールが来たので、とりあえず最上と「お疲れ様！」と乾杯し、一気にごくごくと飲んだ後、奈々枝は呟いた。

「やっぱり、お客さんの数、前よりも少ないね……」

「まぁ、皆、出歩く気持ちにならないんだろうな……仕事も、リモートワークが随分多くなったみたいだし」

「朝の電車とか、ガラガラだもんね」

「うちの会社みたいにいまだに出社させてるような所もあるけどね」

「……今日は、何人ぐらいだったんだろうね……」

「うん……もうすぐ七時だから速報が出る時間だな……ちょっと見てみるか」

最上は少し顔を曇らせた後、ブリーフケースから携帯を取り出すと、

「あ、ちょうど出てる。今日は五十人だって。日本だけでね」

「五十人か……昨日より二十人も多いね。一ヶ月でずいぶん増えたね……初めは、一人とか二人ぐらいだったのに……」

「そうだな。でも、一人か二人だけでも、すごいびっくりしたけどね……。今は妙に慣れちゃったっていうか……慣れちゃいけないんだけどさ」

「私もそう。でも、いまだに現実味が無いせいかもしれない。正直、これって本当の事なのかなって、どこかで疑っている自分がまだいるんだよね……。なんだか、世界中で大がかりなエイプリルフールをやっているような感じがして……もちろん、空を見上げれば、そこにいるんだけど、それも何だかCGのような感じがしちゃって……」

「俺もそうだよ。実際、自分の回りではまだ一人もいないから、ピンとこないっていうか。でも……近い人が、誰か一人でもそうなったらやっと実感するのかもしれないけどね……。会社の人とか、友達とか……家族とか……自分とか……考えたくないけど」

「……そうだね」

奈々枝と最上は思わず無言になり、ビールをまた口に運んだ。奈々枝はお酒がこの世に存在していて良かったなと思った。酔っている間は、嫌な現実の事は忘れていられる。

そんな事を思いながらも、奈々枝はまた、思い出してしまっていた。

一ヶ月前のあの日の事を。

世界が、変わってしまった日の事を。

2

あの日。

あの日は、いつもと変わらない穏やかな晴れた日だった。奈々枝はいつもと同じように、朝起きて会社に行き、仕事が終わって自分のマンションに帰宅し、スーパーで買った食材で簡単な夕食を作って食べ、食後にコンビニで買ったスイーツをコーヒーをお供に食べながら、テレビドラマを見ていた。けっこう毎週楽しみに見ていたミステリーの連ドラの最終回だった。奈々枝なりに内容を考察し、犯人はこいつだろう……と検討を付けていたので、それが当たるかどうか期待しながら見ていた。

だけど、突然、ドラマの途中で、画面が切り替わった。

「ニュース速報です」

画面に唐突に映った男性アナウンサーが緊張した面持ちで言った。

ニュース速報？　奈々枝は訳が分からずポカンとした。一瞬、どこかで大きな地震でも起こったのかと思った。ドラマを中断してまで、いったい何のニュース？

奈々枝は無意識に寄り掛かっていたソファーから体を起こし、背筋を伸ばし、手に持っていたマグカップをテーブルに置いた。テレビ画面に映るアナウンサーの緊張した様子が伝染したかのように、自分も妙に緊張した気持ちになっていた。アナウンサーは、

「これから菅田総理大臣の緊急記者会見が行われます。首相官邸から中継します」

と言った。そして、また画面が切り替わり、今度は総理大臣が映った。総理は原稿を手に持っていて、その手は微かに震えているように見えた。

画面の右上には、ＬＩＶＥ、と文字が出ていた。

総理は、まず、この生放送が全世界で同時に行われている物である事を伝えた。アメリカで朝一番に放送する事が決まったため、その時間に合わせて日本では夜遅くの時間帯になったという事だった。そう伝えた後、総理はしばらく黙りこみ、やっと口を開くと、言った。

「国民の皆さん、今から私が言う事に驚かないで下さい。落ち着いて、聞いて下さい」

そう言いながらも、総理の両目には涙が滲んでいて、明らかに動揺している様子だった。

いったい、何が起こったって言うの……？

奈々枝は今まで経験した事の無い恐怖が心の底から湧きあがってくるのを感じ、無意識にコーヒーを口に運んだ。口の中が乾いてカラカラになっていたからだ。

総理が、意を決したように、言った。

「私達が住んでいるこの地球に、宇宙から異星人達が襲来しました」

その言葉を言い終わると、まるで胸のつかえが取れたかのように、後は淡々と話し続けた。

異星人達は、未確認飛行物体、いわゆるＵＦＯと呼ばれる物に乗って、二日前、この地球にやってきたらしい。だけど世界中のどこの観測機関も、何故かその事を感知出来なかったらしい。異星人達は地球に着くと、世界各国の政府に向けてメッセージを送って来た。メッセージはそれぞれの国の言語に翻訳されていて、内容はとても短く、

〝地球の皆さん、こんにちは。今日から地球は、私達の漁場です〟

という物だった。

世界各国の政府は、このメッセージが地球以外の、未知の知的生命体から送られた物だという事は確認したが、意味がよく分からなかったらしい。

漁場って、どういう意味？　もしかして、異星人達の住む星では海が何らかの理由で汚染されてしまい、魚が捕れなくなってしまったので、地球の魚をちょっといただいていくっていう意味だろうか……と、初めは思ったらしい。

もちろん事態はそんなお気楽な物ではなかった。

メッセージが送られてきてから数時間後、アメリカのニューヨークで、事件は起こった。その日はよく晴れた日で、青空に白い雲が浮かんでいたらしい。しかし、突如、その空に、一個のＵＦＯが出現したのだ。そのＵＦＯから、先端が尖った、槍のような形の、鉄の棒のような物体が、ものすごい速さで真っ直ぐに地上へと降りて来て、タイムズスクエアを歩いていた白人男性の体を、貫いたのだ。

頭の天辺から、一直線に。鉄の棒は、男の体を刺したまま、ＵＦＯの中に引き上げて行った。その様子は、まるで漁師が銛で魚を串刺しにしたかのようだった。だけど、それはあっという間の出来事で、あまりにも現実離れしていたため、その場にいた人のほとんどは、自分は白昼夢を見たと思ったらしい。

だけどそれは現実に起こった出来事で、次の日にはイギリスのロンドンで同じ事が起こった。しかも今度は一人ではなく、ロンドンの別の場所で、三人が串刺しにされて引き上げられていった。さすがにその情報はイギリス政府へと伝えられ、各国で共有され、議論の結果、今回の全世界同時の緊急生放送になったらしい。総理は話を締めくくるように、言った。

「初日はアメリカで起き、二日目はイギリスで起きました。三日目の今日はまだ情報が入って来ていませんが、どこかの国で起こっている可能性があります。そして、それはこれからも続く可能性があります。皆さん、くれぐれもお気を付け下さい」

総理は話し終わると、軽く一礼した。そして、画面は唐突に元のドラマへと戻った。

奈々枝はその後もテレビの前から動かずにいたが、当然のごとく、ドラマの内容は全く頭に入って来なかった。今でも、結局誰が犯人だったのか知らないままだ。ネットで検索するか、誰かに聞けば分かるだろうけど、正直、もうそんな事はどうでもよくなっていた。

それから、総理が言ったように世界中で、宇宙人がUFOから槍のような物で人間を串刺しにする行為は続いた。その数は初めは一人、三人、五人、と一桁台が続いていたが、一週間を過ぎた頃から急に数を伸ばし始め、世界で数百人、数千人と犠牲者は増えていった。

犠牲者が増えるにつれて、空を飛ぶUFOが目撃される事も多くなった。総理の緊急記者会見が行われた当初は、日本の空では全く見かけなかったUFOが、今では当たり前のように、見上げれば、いくつも浮かんでいる。

当然、世界各国の政府はこの事態をなんとかしようと、宇宙人撃退の方法を色々考えたらしい。らしい、というのは具体的にその方法は一般市民には伝わってこなかったからだ。一部の週刊誌では、嘘か本当か分からないが、核を保有している国が、UFOに核爆弾をぶつける事を検討したが、市民への放射能の影響を考えて断念した、とか、いや、実際に人が住んでいない場所をUFOが通ったところを狙い、すでに核爆弾は使われたのだが、全く効果が無く、ＵＦＯは傷一つ付かなかったので、もうどこの国の政府も諦めて匙を投げた、などと書かれていた。

そんな中、人々は自分や自分の大切な人が犠牲者になる事に怯えていたが、同時に、大きな疑問を抱えていた。

それは、いったい何故、宇宙人達はこんな事をするのだろうかという疑問だった。

単純に宇宙人達による侵略戦争だと考える事も出来たが、それならば、もっと別のやり方があるような気がした。一人、一人、槍のような物で串刺しにしていくなんて、あまりにも原始的過ぎる方法だと思った。宇宙人達は、はるか彼方の宇宙からＵＦＯに乗って地球にやって来る事が出来るほど、高度な科学技術を持っているのだから。それにわざわざ地球を侵略する理由も、よく分からなかった。いったい何を目的に、侵略するのだろうか？

地球の人間を奴隷にして、自分達の星の労働力を確保する事が目的だろうか。だけどそんな昔の人間がやっていたような事を今更宇宙人がするのか疑問だった。ＵＦＯを製造出来るぐらいだから、ロボット製造の技術もかなり進んでいるはずだろうし、地球がそうなりつつあるのと同じように、宇宙人もロボットに労働のほとんどを担わせているはずだ。そんな状態で、わざわざ人間を奴隷にしようとするだろうか。あまりにもコスパが悪すぎるのではないだろうか。ロボットと違って人間は食糧も必要だし、病気にもなるのだから。

地球にある天然資源が目的かとも考えたが、それも腑に落ちなかった。宇宙人達が乗っているＵＦＯは地球まで来たぐらいなのだから、かなりの燃料を使っているはずだ。つまり宇宙人はすでにその燃料元になる資源を持っているか、もしくは特別な燃料を使わずにＵＦＯを動かす技術を持っている可能性がある。どちらかというと後者の可能性が高いような気がした。地球でも、乗り物が再生可能エネルギーに切り替わろうとしているのだから。

　では、労働力でもなく資源でも無く、地球という星、そのものが目的なのだろうか。宇宙人たちは地球に移住したいと思っているのだろうか。それも可能性が低いような気がした。昔の地球ならいざ知らず、今、現在の地球がわざわざ住みたいと思うような理想的な環境の星とは思えなかった。それにＵＦＯを作れるぐらいの技術があるなら、もっと近場の星を移住できる環境に整える事が出来るような気がした。

　ここまで考えて、人々はとても恐ろしい、猟奇的な考えが頭に浮かんだ。

　もしかしたら宇宙人は、地球の人間を、食糧として捕獲しているのではないか……。人肉を食べるために、あえて串刺しにしているのではないか……。だから、漁場、などと、人間を魚に例えるような事を言ったのではないか……。

　そんな風な人々の思考回路の流れをまるで読んだかのように、突然、宇宙人から新たなメッセージが届いた。

〝私達は、地球の皆さんを食べたりしません。私達はそんな野蛮ではなく、もっとスマートな生き物です。私達がやっている事は、純粋なゲームなのです〟

　人間を槍で串刺しにしている時点で十分野蛮だろ、と世界中から突っ込みが入るようなメッセージだったが、わざわざ否定するという事は本当なのかもしれない、と人々は思った。

　それよりも、ゲーム、という言葉に一瞬、思考停止になった。

ゲーム？

私達人間を槍で串刺しにする行為が、ゲーム？

という事は……宇宙人達は……つまり……。

地球の人間をUFOから槍で串刺しにするというゲームをしに、わざわざUFOに乗って地球にやってきたという事なのだろうか。

その事実は、人肉を食べるためという考え以上に、人々に衝撃を与えた。

3

最上と居酒屋で二時間ほど飲んだ後、奈々枝はヘルメットを被って自分のマンションへ帰り、お風呂に入った後、夜のニュースをチェックするためにテレビをつけた。

以前は好きなドラマ以外は、ほとんどテレビは見なくなっていたが、今はネットとテレビの両方でニュースをチェックするようになっていた。少しでも多く、詳しく、宇宙人の最新情報を知るためだった。

「本日は日本では五十人、世界では五千四百人が、UFOに連れて行かれました。本日も昨日に引き続き、日本も世界も、最高人数を記録しました」

画面の中の女性アナウンサーは淡々と事実を述べた。

この、UFOに連れて行かれた、という表現は、当初はテレビでは違った言い方をされていた。起こっている出来事があまりにショッキングなので、せめて言い方は柔らかくしようという意図だったらしいが、「本日は五人が天に召されました」などと言っていたのだ。

もちろん、この言い方には視聴者からクレームが殺到した。遠回しに言っているようで、あまりにもストレート過ぎる表現じゃないか、と。テレビ局側は、言われてみれば確かにその通りだと謝罪し、全局で協議の結果、シンプルに「ＵＦＯに連れて行かれた」という言い方で統一されたらしい。

奈々枝はニュースが終わると、テレビと電気を消してベッドに入った。暗闇を見つめながら、奈々枝は思わず絶望の溜息をこぼした。奈々枝はニュースを見るたびに、実は期待していたのだ。もしかしたら、今日は人数が減っているかもしれないと……。例えば、日本では増えていても、世界では減っているのではないかと。そして、徐々に日本も世界に習うように減って行き、気が付けば、世界も日本も、数がゼロになっている。宇宙人も、ＵＦＯも、人間が知らない内に、地球から姿を消している。そして、以前のような当たり前の日常が戻って来る。そんな夢を見ていた。

だけど、それは結局、夢でしかなかった。奈々枝の淡い期待を裏切るように、日本も世界も、日に日に人数を増加させていた……。

奈々枝は暗闇の中、目を閉じた。

それから数日後、奈々枝がいつものように朝、隣の席の田中博美に挨拶をしようとしたら、まだ博美が来ていない事に気が付いた。

「おはよう、田中さん……あれ？」

そんな奈々枝の様子に気が付いて、奈々枝の前の机にいる森野秀典が声を掛けてきた。

「……田中さん、まだ出社していないんだよ」

「……そう」

奈々枝は自分の席に座ってパソコンを起動させながら、数日前の最上との会話を思い出していた。

自分の回りの人がまだ誰もなってないから、正直、ピンとこないんだよね。自分に近い人、会社の人とか、友達とか、家族とかがなったら、やっと実感するのかもしれないけど……。

奈々枝は、隣の空席をじっと見つめた。

その時、オフィスに部長が入って来て、自分の机に鞄を置くと、オフィスにいる社員全員を見回して、言った。

「皆、おはよう。今日は皆に報告があります。驚かないで聞いてほしいんだが、実は、田中さんが……」

部長の言葉に、オフィス内に緊張が走った。

「昨日で、会社を辞めました」

続けて部長が言った言葉に、奈々枝はホッとしたが、同時に、え？　と驚いた。思わず、奈々枝は部長に聞いた。

「部長、田中さんはどうして会社を辞めたんですか」

「世界一周旅行に行くらしいよ。クルーズで」

「……世界一周旅行？」

「何でもずっと前から行きたかったらしい。まぁ、詳しい事は田中さん本人に聞いてよ。榎本さん、けっこう田中さんと仲良かったから、連絡先ぐらい知ってるでしょ」

「……」

「報告は以上です。さ、仕事を始めて下さい」

部長のその言葉を合図に、皆、それぞれの仕事を始めた。奈々枝はパソコンに向かいながら、ぼんやりと考えた。部長の言う通り、田中さんとは仲が良かったけれど、それはあくまで会社の中だけの関係で、プライベートで会った事は一度も無い。だから、私は田中さんの電話番号も知らない。あ、でも確か、ラインは交換していたはず……。

奈々枝はお昼休憩の時間になると、近くのファストフード店まで行き、その店の二階の窓際の席から博美にラインを送った。世界一周旅行に行くって本当？　と書いた。すると、すぐに博美からラインの返信では無く、ラインで電話が掛かって来た。

「あ、榎本さん？　私ね、今、船の上なの」

「ふ、船の上？」

「そう。横浜港に停泊中の豪華客船の中。もうそろそろ出航なの」

「本当に、世界一周旅行に行くのね……」

「うん。子供の頃からの夢だったから。どうせ行くならケチらず豪華に旅行したいなって思って、五百万円のツアーに申し込んじゃった」

「五百万？　よくそんなお金あったね……」

「貯金と、あとは消費者金融から借りたの」

「すごい……思い切ったね……」

「……なんか、色々考えちゃってさ」

「え？」

「世界一周旅行は、老後の楽しみに取っておこうかなって思ってたんだけど……でも、老後なんてさ、もう来るかどうか分からないじゃない……」

「……」

「だったら、夢を叶えるのは今だなって思って。だって、夢を叶えずに死ぬなんて嫌じゃない……」

「……うん」

「まぁ、旅行中にさ、イタリアの街を歩いている時なんかに、槍で串刺しにされて死んじゃうかもしれないけどさ。それでも、日本で、会社に向かう道の途中で串刺しにされるよりは、いいと思うんだよね……後悔しないで済むっていうか……」

「……」

「あ、出航するみたい。じゃあ、もう切るね」

「いってらっしゃい」

「行ってきます」

奈々枝の言葉に、博美は嬉しそうに返した。そして、電話は切れた。

手元のスマホを奈々枝はぼんやりと見つめた。博美の最後の言葉が妙に心に染みた。

行ってきます。

奈々枝はチーズバーガーを口に運びながら、店の窓から歩道を歩いて行く人達の姿を眺めながら、思った。

私は、本当に今のままで、いいのだろうか……。

本当に、後悔しない？

そんな風に物思いに耽っていたら、ラインの着信音がした。てっきり博美からだと思ったら、最上からだった。今日、いつもの所に飲みに行かない？　話があるんだ。と書かれていた。奈々枝はＯＫと返信した。

4

「そうなんだ……田中さん、会社辞めたんだ……なんかショックだな」

奈々枝が居酒屋で博美の事を伝えると、最上はしょんぼりしたように肩を落とした。

店内の客はこの前来た時より少なく、半分ほどの席が埋まっていた。

「ショック？　何で？」

「だって田中さんって、可愛かったじゃん。俺、けっこうタイプだったのになぁ……」

「そうなんだ……」

奈々枝はなんだかすごく意外な気がした。奈々枝の知っている最上は、食べる事が大好きで、食べ物以外の事は興味が無いように見えていたからだ。ウッシーヌも、普通に異性に好意を持ったりするんだな……。まぁ、健全な三十四歳の男子だったらそれが当たり前か……。

「そういえばラインで話があるって言ってたけど、何？」

奈々枝が聞くと、最上は一瞬、躊躇するような表情をした後、口を開いた。

「実は、話すかどうか迷ったんだけど……やっぱり話しておいた方がいいかなと思ってさ」

「……もしかして、宇宙人に関する事？」

「そう……俺、昨日、久しぶりに大学の時の友達三人と飲みに行ったんだけど……その居酒屋は新宿の十階建てのビルの八階にあったんだけどさ……」

「うん……それで？」

「店で友達とワイワイ盛り上がってたんだけど……その時にさ、その店内にいた客の内の一人がさ……」

「……」

最上は自分のビールのグラスをぐっと握った後、言った。

「……突然、上から降って来た槍に串刺しにされて、連れて行かれちゃったんだ……」

「……でも、その時って、ウッシ……最上君達は……」

「そう、ビルの中の店内にいた。ＵＦＯから降って来た槍は、ビルと店の天井を貫いて、客を串刺しにしたんだ……」

「……」

「あの槍は、コンクリートも貫けるんだよ……。しかも、それだけじゃなくて、槍が店の天井を貫いて客を串刺しにして連れて行った後、天井は全く壊れてなくて、元の状態のままだったんだ」

「……」

「槍が上から降って来た時も、そうだった。天井が壊れる音なんて全くしなかった。だから俺達は全然分からなくて、気が付いたら、客が串刺しにされて……」

「つまり……あの槍は、建物を壊さずに、人間だけを串刺しにしたって事……？　そんな事が出来るって事……？」

「たぶん、あの槍は地球上には無い、何か特殊な物質で出来てるんだと思う……それか、そういう特殊な機能を持つ槍を作る技術を、宇宙人は持ってるんだと思う……」

「……そうだね。そうとしか考えられないね……」

「うん……」

最上は話し終わると、自分のビールをぐいっと一気飲みした。

奈々枝はテーブルの上に置いてある、自分の白いヘルメットと、最上の青いヘルメットをじっと見つめた。

「……という事は、ヘルメットを被っていたら、あの槍に串刺しにされないって説はデマだったたって事だね……」

「コンクリートを貫けるなら、当然、ヘルメットも貫けるはずだもんな……」

「そうだね……」

奈々枝と最上は無言でビールを飲んだ。

当初、世界各地で人間が串刺しにされる中、各国の人々の中で、一つの疑問が生じていた。それは、人間が槍で串刺しにされた情報は伝わって来るのに、何故か槍で建物が損傷したという情報は全く無い事だ。外にいる人間だけが狙われている、とも考えたが、同時に、何故外にいる人間だけが狙われるのか、という疑問が生まれた。そして、もしかしたら、宇宙人は建物の中にいる人間を串刺しにする事が出来ないのではないかと、考えた。つまり、あのＵＦＯから降ってくる槍は、コンクリートでも木造でも、人間の頭以上に頑丈に出来ている硬い物質を貫く事が出来ないのではないか、と。

そこから、もしかしたら外にいる時、頭に何か硬い物を被っていたら、槍に串刺しにされずに済むかもしれないという説が生まれ、その説はネットで拡散され、気が付けば、世界中の人間のほとんどが、外出時にヘルメットを被るようになっていた。

だけど、その説は間違っていた事が、今の話で証明されてしまったな、と奈々枝は思った。俯いてヘルメットを見ている奈々枝を見て心配になったのか、最上が声を掛けてきた。

「ごめん、この話、ショックだったかな……でも、本当の事は知っておいた方がいいと思って……」

「ううん、大丈夫。実は最近、ネットであの槍は建物を壊さずに通り抜ける事が出来るんじゃないかって、複数の人が書き込んでいるのを見たから……」

「あ、そうなんだ。やっぱりそういう目撃情報があるんだな……でも、テレビでは全然そういう事を言わないけど……」

「テレビ局は不安を煽っちゃいけないと思って、報道しないのかもね……」

「そうかもな……榎本さんがネットでその情報を見たのはいつ頃？」

「一週間ぐらい前かな……」

「じゃあ、ヘルメットが役に立たないってもう分かってるのに、いまだに持ち歩いているって事？」

「うん……でもそれって私だけじゃなくて、もしかしたら皆、そうなんじゃないかな……本当は、ヘルメットなんて効果無いんだって分かってるんだけど、でも、それでも無いよりはましかなって思ってるだけなんじゃないかな……。だって、あの槍は飛行機が飛んでいるような上空からすごいスピードで降って来るのに、ヘルメットぐらい、壊せないはずないもの……」

「……そうだよな、皆、本当は分かってるんだろうな」

最上は自分の青いヘルメットを手に取って、じっと見つめると、

「たぶん、ヘルメットはお守りみたいな感じなのかもな」

「お守り？」

「うん。ほら、交通安全のお守りだってさ、別にあれを持ってたら絶対事故に遭わないってわけじゃないじゃん。むしろ、そんな効果は皆期待してないと思うんだよ。でも、持ってるだけで、なんか安心するっていうかさ……」

「そうだね……」

最上はヘルメットをまるで地球儀を回すように手でくるくる回しながら、

「お守りで思い出したけど、初詣で引くおみくじだけどさ、あれって昔は平ってくじが一番良いくじだったんだって」

「たいら？　なんだか平って何も無いってイメージだけど」

「そう。何も無い、何も特別な事が起こらない、普通の毎日。昔の人はそれが一番良い事だって思ってたんだって。たぶん昔は飢饉があって餓死したり、流行り病ですぐ人が死んだりしてたから、何も起こらない平和な状態に皆、憧れを抱いてたんじゃないかな。だけど時代が進むにつれて、医療も進歩して生活も豊かになって、段々何も無い穏やかな日々が当たり前になって来て、それにともなっておみくじも変わっていって、吉とか大吉とかが出来たんだって。そして、同時に凶や大凶も出来たらしい」

「……」

「なんか、今、そういう話を急に思い出した……」

最上はヘルメットを回していた手を止めた。

「……そういう話を聞くと、なんだか色々考えちゃうね」

「……考えちゃうよな」

奈々枝と最上は再び、無言になった。

最上と飲んだ後、自分のマンションに帰る道の途中で、ヘルメットを被った状態で奈々枝は夜空を見上げた。東京の夜空はもちろん星などは一つも見えず、ただ暗闇が広がっていた。だけどその暗闇の中に、周囲に光を放っている、いくつものＵＦＯが、浮かんでいた。

その光は、まるで漁船が海で魚を捕るために灯す、漁火のように見えた。

奈々枝はもう見慣れてしまった光景を眺めながら、さっきの最上との会話を思い出していた。

平。何も無い、何も特別な事が起こらない、穏やかな日々。それが一番の幸せ。だけど、人々はいつしかそんな毎日が当たり前になってしまい、それを幸せだと思えなくなってしまい、それにともなって、おみくじに平だけではなく、吉や大吉、凶や大凶が生まれた……。

それはたぶん、人々が何も無い毎日に退屈を覚え、日々の暮らしに刺激を求めたから……。

刺激を求める気持ちが、吉や大吉だけではなく、凶や大凶を生んだ。何故なら、刺激的、という意味では、大吉も大凶も、ある意味同じだから。

奈々枝はＵＦＯをじっと見つめた。

もしかしたら……私達、地球の人間の、日々の暮らしに退屈を覚え、刺激を求める気持ちが……大凶を……ＵＦＯを、この地球に呼び寄せてしまったのだろうか。私達人間のそんな集団意識が、はるか遠くの宇宙人に届いてしまったのだろうか。まるでテレパシーのように。

そのテレパシーを受け取って、宇宙人はやってきたのだろうか。

そして、地球の人間を串刺しにするゲームを、始めたのだろうか。

まさか。そんな事はありえない。

そんな事が、あるわけがない。

奈々枝は自分の頭に浮かんだ考えを慌てて打ち消した。そして、夜空に浮かぶＵＦＯから目を逸らすように俯くと、家路を急いだ。

5

奈々枝がマンションの部屋の中に入るのと同時に、スマホの着信音が鳴った。画面の表示を見ると、母親の真美子からだった。

「もしもし？　お母さん？　こんな時間にどうしたの？」

「うん……別に用事は無いんだけど、どうしてるかなと思ってさ……」

「普通に元気よ。風邪もひいてないし」

「そう……奈々枝の会社で、その……天に召された人はまだいないの？」

「お母さん、何その古い言い方。そういう言い方は逆に不謹慎だって事になって、今は誰も言ってないのよ。今はシンプルにＵＦＯに連れて行かれたって言うのよ」

「そういえば、テレビでもそんな言い方してるわね……。実はね、私が働いている駅前のベーカリーのパートの人がね……昨日、ＵＦＯに連れて行かれちゃったのよ……」

「え……本当に？」

「うん。今朝、その人が出勤して来なくて、どうしたんだろうって皆で話してたんだけど、そうしたら店長が、その人の家族からそういう連絡が来たって言って……その人はまだ若くて、三十代前半ぐらいで、二人の小さい御子さんがいるから、本当に気の毒で……」

「……そうだね」

　真美子の話を聞きながら、奈々枝はついに自分の知り合いで、ＵＦＯに連れて行かれた人が出たと思った。自分の直接の知り合いでは無いけれど、母親の知り合いなら、自分にとっても知り合いのようなものだ。

「そんな事があったから、奈々枝の事が急に心配になっちゃって……ねぇ、奈々枝さえ良かったら、家に戻ってこない？　会社も、家から通ったらいいじゃない。通えない距離じゃないし。堀内さんも、そうしたらって言ってくれてるのよ」

「うん……そうだね……考えておく」

　奈々枝は家に帰る気は無かったが、一応、そう答えた。

「良かった。じゃあ、お母さんも気を付けてね」

「うん、お母さんも気を付けて。じゃあまたね」

　奈々枝が電話を切ろうとすると、

「奈々枝……今、お付き合いしている人とか、いるの？」

「うーん……そういう相手は、今はいないけど……」

「そっか。もし奈々枝にそういう人がいたら私も安心なんだけど……。奈々枝はこういう事を言われるのは嫌いだと思うけど、やっぱり、一人でいるより誰かが側にいてくれた方が安心出来ると思うのね。特に病気になった時とか、災害の時は。今は、世界全体が災害に巻き込まれたような状況だしね……。だから奈々枝にもこれを機にってわけじゃないけど、もう三十四だし、真剣にそういう事を考えて欲しいかな……ごめんね、お節介な事言って」

「……ううん、そんな事無いよ。自分でもそう思ってるから。心配してくれてありがとう、お母さん。じゃあ、またね」

奈々枝は電話を切った後、溜息をついた。今、母親に言った言葉は本心だった。自分でもそう思っていた。以前の自分だったら、正直、母親の言葉を鬱陶しく思っただろう。私は誰かといるより一人でいる方が楽なんだからほっといて、と反発したかもしれない。

だけど今は……一人でいる事にたまらない不安を感じていた。奈々枝はこんな時は早く寝てしまおうと思ってお風呂に入った。だけど、湯船につかりながら何だか落ち着かなくてそわそわしてしまった。もし、今、この瞬間に、天井から槍が降ってきたらどうしようと急に思った。私は、真っ裸の状態で、槍に串刺しにされて、空に昇って行くのだろうか。いくらなんでも恥ずかし過ぎる。夜だから暗闇に紛れて誰にも見えないかもしれないと思ったが、暗闇で光るＵＦＯの姿を思い出すと、私の姿は煌々と照らされて皆に晒されてしまう可能性もある。奈々枝はその光景を想像して、ゾッとしてしまった。よく考えたら槍に串刺しにされたら百パーセント死ぬのだから、自分が死ぬ時に恰好なんて気にしている場合じゃないのかもしれないが、やっぱり出来ればそういう状態は避けたかった。

奈々枝は湯船から出ると超高速で髪を洗い、体を洗い、シャワーで洗い流すと風呂場から出た。脱衣所でタオルで体を拭き、パジャマに着替えてドライヤーで髪を乾かしながら、奈々枝はやっとホッと出来た。

今の状態なら、なんとか面子は保てるな……。そう考えながら、自分が急にこんな焦った気持ちになるのは、さっきのウッシーヌの話のせいだろうと思った。今まではやっぱり建物の中にいれば安全なんだろうと思っていたのだ。特に奈々枝の住んでいるマンションは鉄筋コンクリートなので、よけい安心感を持っていた。だけど今日のウッシーヌの話で、そんな思い込みは崩れてしまった。

あの槍は、新宿のビルの天井だって突き抜ける事が出来るほどの威力を持っているのだ……。私の住んでいる中古マンションなんて、簡単に壊せるだろう。

奈々枝は電気を消してベッドに入ると、目を閉じた。だけど、なかなか寝付けなかった。気が付いたら、考えてしまっていたのだ。自分は何故、三十四のこの年まで独身でいるのかを。女友達はほとんどもう結婚していた。なのに何故自分は一人なのか。

もちろん一人でいるのは自分の意思だったのだけれど、では、どうして自分はそういう生き方を、人生を選んだのか。暗闇の中、奈々枝は検証を始めていた。

6

そもそも私は子供の頃から、恋愛にあまり興味が無かった。遡れば、それは小学生の時だった。小学生も高学年になると、クラスの女子は恋バナ、というものを始める。クラスの男子はいつまでも子供のままのような感じだったが、そういう意味では、女の子の方が早く大人になるのかもしれない。

だけど私はこの恋バナ、というものにまるでついていけなかった。恋バナといっても小学生の子供なので、せいぜいクラスの中の誰々がカッコいいとか、テレビに映る芸能人の何々君が素敵、とかその程度の話でキャーキャー騒ぐだけだ。だけど私はクラスの中の男子の誰一人としてカッコいいと思った事は無かったし、芸能人の誰かを素敵だと思った事も無かった。むしろ、友達の裕子ちゃんが夢中だったアイドルグループのA君を見て、言葉には出さなかったが、なんだかこの人、頭が悪そう、と内心思っていたぐらいだ。

だけど、クラスの女子達の恋バナに対してそんな白けた反応をするのは本能的にマズイ、と感じていた。そんな反応をしたら、仲間外れになる、と直感的に思った。奈々枝ちゃんは気取ってる、上から目線で人を見下している、そんな風に思われてしまう気がした。私はそんな風に思われたくなくて、表向きは皆と同じ態度を取っていた。必死で演技をしていた。今から思うと、この時から人前で本心を言わず、自分を取り繕う癖がついたのかもしれない。

中学生になると更に恋バナは加速し、具体的になり、実際に年上の先輩と付き合い始める女友達も出てきた。だけどまだ中学生なので、そういう人は少数派だった。私の回りにいる女友達のほとんどは、恋に恋する夢見る乙女状態だった。私は高校は女子高に行ったので、引き続き、そういう状態だった。

しかし、大学に入るとさすがにそうはいかなくなってきた。私は大学も女子大に行ったのだが、そこにはサークルというものが存在し、それは他の大学との合同サークルが多かった。当然、男子大学生との交流が生まれ、私の回りの女友達は次々に彼氏を作っていった。皆、何かに駆り立てられるように一斉に、そうなった。

私は小学生の時と同じようにマズイ、と感じた。ここで私も彼氏を作らないと、誰か、男の子の事を好きにならないと、変人扱いされる、と思った。

自分の回りにいる男性の中で、恋愛感情を持てる人はいなかった。だけど変人扱いされて仲間外れになるのが嫌だったので、当時、コンビニでバイトしていた私は同じコンビニで働いていた年上の大学生に声を掛けられ、付き合った。付き合うといっても、ただデートを重ねるだけで特に何もしなかったので、三ヶ月後には振られた。

だけど自分の中ではこれで何とか回りに対する言い訳が出来たとホッとしていた。三ヶ月とはいえ、一応、誰かと付き合ったのだ。だから私、変人じゃないよね、と。

正直、私は誰かと一緒にいるより、一人でいる方がずっと楽なのだ。ずっと自分らしくいられる、と感じるのだ。子供の時からずっとそうだった。

特に一人で大好きな小説を読んだり、映画を見たり、ドラマを見ている時は充実感でいっぱいだった。私は特にミステリー小説が好きで、高校生の時は海外のミステリー小説にはまり、日曜日の午後、母親が出かけていて一人でいる時、窓から注ぐ日差しでポカポカと暖かいリビングのソファーで、コーヒーとクッキーをお供に海外ミステリーを読んでいる時、よく思った。こんなに幸せでいいのかな……と。

だけど社会人になり、そんな状態の自分はさすがにおかしいと焦り、とにかく人並みに彼氏を作るんだ、と思って手っ取り早く婚活パーティーに出掛けた。そこで知り合った見た目がまぁまぁ好みのサラリーマンと付き合い始めるのだが、しばらくして何故か、謎の体調不良が始まった。

まず、彼と待ち合わせの場所に行く電車の中で、突然、お腹を壊すのだ。慌てて途中下車して駅のトイレに駆け込む。そんな事をしているから、待ち合わせに遅刻してしまって、彼は不機嫌になって気まずい雰囲気になる。デートの日に限って、何故か朝から熱が出て、約束をキャンセルしてしまい、また彼は不機嫌になる。

そんな事を繰り返していたら、顔中に雨後の筍のようにニキビが出現し始めた。私は肌には自信があってトラブルを抱えた事が無かったので驚いた。皮膚科に行くと、ストレスが原因ですと言われた。何がストレスなんだろうと考えると……答えは一つしかなかった。

そして、私から別れを切り出し、彼とは別れた。すると、あんなにあったニキビがあっという間に綺麗に姿を消し、お腹を壊す事も、熱を出す事も無くなった。

この一件から、私は決意した。もう、彼氏はいらない、と。

この決意を当時の女友達に話したら、友達はすごく驚いた顔をした後、こう言った。

あのさ、奈々枝、もしかしたらこの世の中には百回プロポーズしても上手くいかなくて、百一回目のプロポーズで成功したっていう人もいるかもしれないんだよ。そういう人だっているかもしれないのに、奈々枝はたった一、二回付き合っただけで、もう彼氏を作るのをやめちゃうの？　それはあまりにも諦めるのが早すぎない？　と。自分でもそう思った。

だけど私はもう疲れてしまったのだ。もし、私自身がすごく恋愛に興味があって、恋愛してるとすごく楽しい、という感じだったら、なかなか上手くいかなくても何度もチャレンジして頑張ったと思う。だけど元々恋愛にあまり興味が無く、よほど気が合う人は別として、人と一緒にいる事自体が疲れてしまう性格なので、これ以上頑張ろうという気持ちになれなかった。

　別れてしまったサラリーマンの彼と付き合っていた時も、全然楽しくなく、どちらかというと一緒にいて苦痛だった。彼は性格的に少しモラハラなところがあって、悪気は無かったのかもしれないが、言葉が攻撃的なところがあり、会話をしていて傷付けられる事が多かった。だけど、私が熱を出して約束をキャンセルした時、不機嫌にはなっていたが、わざわざマンションまで来て、風邪薬を届けてくれた事もあった。そういう優しいところもあったのだ。だけど私は彼と別れて一人になりたかった。

　私は異性と、というより人と深く付き合う事が出来ない欠陥人間なのかもしれない、そんな風に思って、自分自身に絶望してしまったのだ。何よりも自分が一番リラックス出来る、一人で過ごす気楽な日常に戻りたかった。

だけど、今は、こう思う。私は友達の言う通り、あまりにも諦めるのが早すぎたのではないか。もしかしたら、お互いに傷付け合う事の少ない、平な、穏やかな時間を共に過ごす事の出来る相性の良い相手が、頑張って探せば見つかったんじゃないか。

　そうすれば、今、ひとりぼっちで、宇宙人に串刺しにされる恐怖に怯える孤独に耐える必要も無かったんじゃないか。そうすれば、今、私の隣には誰かがいてくれて、私の手を握ってくれていたんじゃないか。

7

　奈々枝は暗闇の中でそんな風に考えてしまい、どんどん気持ちが沈んでいった。

「うーん。でもさ、逆の人もいるんじゃないかな……」

いつもの居酒屋で、奈々枝が最上に昨日の夜に考えていた事を素直に話すと、そんな答えが返ってきた。

店内の客はこの前よりも更に少なくなっていて、三分の一ほどになっていた。

「逆？　どういう事？」

「要するにさ、榎本さんは今回の宇宙人の事がきっかけになって、今、自分に恋人がいない事、もっというと結婚していない事を後悔する気持ちになっているわけだろ？」

「そうだけど……」

「でも、逆に宇宙人の事をきっかけに、今、自分が結婚している事を後悔している人もいるような気がするんだよな……」

「え、そんな人いるのかな」

「だって世の中の結婚している人全員が、今の結婚生活に満足しているなんてありえないと思うんだよな。それこそ昔の榎本さんじゃないけど、人の目を気にして、回りから変人だと思われたくなくて、頑張って結婚して、子供を産んで育てている人もいると思うんだよ。でもそういう人も今回の事をきっかけに、もしかしたら自分はもっと別の、もっと違う人生を望んでいたんじゃないかって、後悔しているかもしれない……」

「……」

最上はビールを一口飲んだ後、

「実は、うちの姉ちゃんがさ、そうなんだよね……」

「え、ウッ……最上君、お姉さんがいたの？」

「うん。俺より十歳上で、今、四十四歳。二十四の時に結婚したから、今年ちょうど結婚二十周年なんだけどさ……つい三日前に、旦那さんと暮らしているマンションを飛び出したんだよね……あ、子供はいないいんだけどさ」

「そ、そうなんだ……」

「姉ちゃんが言うにはさ、自分は本当は結婚したいわけじゃなかったけど、世間体を気にして結婚したって言うんだ。あと、働くのは嫌いだから専業主婦になりたかったって。旦那さんの事は嫌いじゃないけど、別に好きでもないって。姉ちゃんの旦那さんって、姉ちゃんより六歳年上で、今五十なんだけど、自分は本当は年下の若いイケメンが好きだって言うんだよ……。そういう相手と、取っ替え引っ替え付き合うのが、夢だったって……」

「……」

「宇宙人に串刺しにされる前に、自分の夢を叶えたいって思って家出したらしい。それで、今は都内のワンルームマンションで一人暮らししてるんだ」

「な、なるほど……でも、お姉さん、生活費はどうしてるの？　専業主婦だったんでしょう？」

「正式に離婚してないと、たとえ別居しててもパートナーの生活の面倒はみる義務があるみたいでさ……旦那さんが生活費を振り込んでるみたい」

「そうなんだ……でも、旦那さん、良い人だね……」

「そうなんだよ、勝手に家出したんだから、たとえ義務でもほっとけばいいのにさ。でも、優しいから、ほっとけないいんだろうね……」

「そうだね。でも……ウ、最上君のお姉さんのような人もいるかもしれないけど、やっぱり私みたいに一人でいる事が耐えられなくて、誰かに側に居て欲しいって思ってる人の方が多いような気がするな……。うちのお母さんもそうで、つい最近、結婚したし……」

「え、どういう事？　お母さんが結婚？」

「あ、言ってなかったっけ？　うち、母子家庭なの。私が三歳の時に両親が離婚して、それからずっとお母さんは女手一つで私を育ててくれたんだけど、二週間前に、再婚したんだ。相手はお母さんが働いているベーカリーの常連客で、お母さんより年下なんだけど……熱心に、プロポーズしてくれたらしくて」

「へー、年下って、いくつぐらい下なの？」

「お母さんが五十五歳で、相手の人が三十八歳だから……十七歳下？」

「じゅ、十七歳？　すごい年の差だな……こう言っちゃなんだけど、親子ほど違うじゃん」

「そうだね。私とも四歳しか違わないし」

「そのお母さんが再婚した相手と、榎本さんは会った事あるの？」

「うん、もちろん。お母さんは結婚式は挙げなかったけど、身内と親しい人だけで小さなパーティーを開いたから、その時に会った。その人は堀内さんって言うんだけど、今、お母さんと一緒に栃木で暮らしてる」

「一緒に住もうとは思わないの？　宇宙人の事が不安なら親と一緒にいた方が……あ、でもちょっと気まずいか」

「気まずいよ。年が近いから余計にね。お母さんは心配してくれて、一緒に住もうって言ってくれてるけどね……でも私、堀内さんの事が、ちょっと苦手で……」

「え……」

「あ、誤解しないでね。堀内さんは普通に良い人だから。でも私はちょっと苦手なだけ」

「まぁ、人間関係は相性だからね……」

「それに、栃木から東京の会社に通うのも大変だから」

「そうだな。やっぱり少し遠いよな……。俺は実家が東京にあるから、実家から通ってるけど……」

「ウ、最上君、今でも実家暮らしなんだ。家族と仲良いんだね」

「仲良いっていうか、東京で一人暮らしすると単純に金がかかるからね。でも最近は地方に移住する人も増えているみたいだけどね」

「地方に移住？　ああ、リモートワークになったから……？」

「家で仕事が出来るなら、わざわざ東京に住む必要無いもんな。だったら自然豊かな田舎に引っ越して子育てしたいって人の気持ちも分かるよ。それに……今は皆、都会には住みたくないって気持ちが強いだろうしね」

「……ＵＦＯに連れて行かれる人って、都会に住んでいる人が多いものね」

「統計にも出てるもんな。やっぱり、人が多い場所が狙われるんだろうな……」

「……」

ＵＦＯに連れて行かれた人の数は、国内の人数に限って、毎日、午後七時にテレビとネットで速報で伝えられる。その情報の元は、ＵＦＯに連れて行かれる人を目撃した人の通報と、街中にある防犯カメラの映像だ。通報と防犯カメラの映像は警察と地方自治体に行き、その情報は午後五時までに政府のデータ管理システムに一括送信され、そこからテレビや新聞などのメディアに送られ、午後七時にテレビとネットで同時に速報で流れる事になっている。午後五時以降の目撃情報などは翌日に回されるらしい。この方法だと正確な人数を把握するのは難しいが、それでも大体の人数を予測する事は出来るらしい。世界の人数は翌日の午前中にネットで発表される。

日本でも世界でも、田舎より都会の方が圧倒的に数が多かった。

「でもUFOが連れて行く人って初めはすごく数が少なかったのに、一週間を過ぎたぐらいから急に増えたよね。あれってどうしてなんだろう……」

奈々枝が疑問を口にすると、

「たぶん、慣れてきてコツを掴んだんじゃないかな……」

「コツって……」

「人間がやるゲームでもさ、FPSやTPSみたいなただ敵を撃ち殺していくシューティングゲームがあるんだけど、やり始めて慣れない内はなかなか敵を撃ち殺せないんだよ……逆に自分がやられちゃったりしてね。でも段々慣れてきてコツを掴むと、どんどん敵を撃ち殺せるようになっていくんだよね……」

「……」

奈々枝はビールを飲んだ後、呟いた。

「……でも、私、いまだに信じられないんだよね」

「何が？　宇宙人が地球に来たって事が？」

「それはさすがにもう事実として受け止めてるけど……宇宙人が、ゲームで地球の人間を槍で串刺しにしてるって事が信じられない。だって……いくら何でも残酷過ぎない？」

「でも実際、宇宙人が、ゲームだって言ってるんだし……」

「……本当は他に目的があって、それを隠してるんじゃないかな」

「他の目的って？」

「それはちょっと、分からないけど……」

「……でも、残酷に感じるのは俺達地球の人間の感覚で、宇宙人にとっては普通の事なのかもしれないよ。例えばさ、俺達も蚊を手で叩いたりするのに、別に罪悪感なんか覚えないだろ？」

「だって……蚊は、虫じゃない……」

「宇宙人にとって、地球の人間って、そんな存在なのかもよ」

「……でも、同じ知的生命体でしょ……」

「そうだけど、宇宙人にとってはもっとずっと前の、俺達にとっての旧人類みたいな、ネアンデルタール人みたいな存在なんじゃないかな、地球の人間って。実際、宇宙人から見れば地球の人間は化学も文明もネアンデルタール人並みに遅れてるんだろうし……」

「でも……地球の人間は、仮に、今の世界にネアンデルタール人が存在したとしても、ゲーム感覚で殺したりしないと思うわよ。人間も他の国に侵略戦争をしかけたり、色々残酷な事をやってきてるけど、それはそうする事によって自分の国が利益を得たいとか、攻撃は最大の防御とか、はっきりとした目的があるからやってるわけでしょ。何の目的も無しにただゲーム感覚で人を殺すなんて、そんな事をするのは異常者か、ただの犯罪者じゃない」

「そうだよ、そんな事をするのはただの犯罪者だ。でもそれも、地球の人間の常識っていうか、地球上のルールっていうかさ……宇宙人には通用しないかもしれないよな……」

「……」

「……でも、宇宙人が本当にゲームで地球の人間を串刺しにしてるんだとしたら、途中でゲームに飽きる可能性もあるからな」

「ゲームに、飽きる……？」

「そう。ゲーム好きな人はどんなクソゲーでも最後までクリアするまでやるって人もいるけどさ、途中で飽きてやめちゃう人もいるんだよ。だから、もしかしたら宇宙人も、地球の人間全員を槍で串刺しにする前に、飽きてやめる可能性もあると思うんだ」

「……」

「世界中の人達も内心、それを期待してるんじゃないかな。というか、もうそれしか希望は残されてないような気がする……」

最上は大きく、溜息をついた。

8

奈々枝が自分のマンションに帰ると、スマホに母親の真美子から不在着信がある事に気が付いた。奈々枝から掛け直すと、

「あ、奈々枝？　何度も掛けたのよ」

「ごめん、居酒屋で飲んでたから気が付かなくて……何かあったの？」

「別に何も無いけど、あのね、今度、奈々枝のマンションに泊まりに行っていい？」

「え？　何で？」

「何でって、別に理由なんてないわよ。でも今はこんなご時世だし、久しぶりに奈々枝と

ゆっくり話したいなと思ってさ……」

「……」

奈々枝は考えた。もしかしたらお母さんは、私が堀内さんを苦手だと思ってる事に気付いていて、だからわざわざ栃木から私のマンションに来ようと思ってるんだろうか。そうすれば、私が堀内さんと会わずに済むから……。

「うん……分かった。じゃあ、遊びにおいでよ」

「うん。いつ頃だったら大丈夫？」

「いつでもいいよ。私は会社が土日休みだけど、お母さんは仕事はいつ休みなの？」

「ベーカリーは無休でやってるけど、私の休みは水曜と土曜。じゃあ、金曜の夜に泊まりに行くね」

「うん、分かった」

言った通り、金曜日に真美子は奈々枝のマンションにやって来た。奈々枝が会社からマンションに帰宅すると、もう部屋の中にいて夕食のカレーを作っていた。

「お母さん、もう来てたんだ」

「あ、おかえり。早く着いたから先に部屋に入ってた。合い鍵持ってて良かった。でも、奈々枝のマンションがオートロックじゃなくて良かったわ。私、あれ、苦手で」

「二人でずっと住んでたマンションも、オートロック付いてなかったもんね」

それから奈々枝は久しぶりにスパイスから作った真美子の特製カレーを、真美子と一緒に食べた。奈々枝はカレーを食べながら、

「美味しい。昔からお母さん、カレーだけは作るの上手かったよね」

「何よ、だけはって。まぁ、事実だけどね。言い訳するわけじゃないけど、仕事が忙しかったから、家事は手を抜いてたんだよね……。でも一つぐらい凝った食事を奈々枝に食べさせてあげたくて、カレーは頑張って作ってたから……っていうのは嘘で、自分がカレーを好きだったからなんだけど……」

「嘘なのかよ」

「ごめん」

真美子は肩をすぼめて、舌を出した。奈々枝は思わず笑ってしまい、

「別にそれでもいいよ。私もカレーが大好きだからさ」

「そっか、だったら良かった。堀内さんもね、私のカレーは褒めてくれるの、すごく美味しいって」

「そうなんだ」

「うん。あのさ、この前も言ったけど、奈々枝にもパートナーを見つけて欲しいな。世の中がこんな状況だと、一人でいるのは不安でしょう?」

「……そうだね。でも、こんな状況の中、見つかるかな。それに私、もう三十四だし」

「三十四なんて全然若いわよ。まだ子供だって産めるしね。私なんて五十五で結婚したのよ、だから大丈夫!」

「でもお母さんの場合は再婚だし……いや、でもそうだね。私も前向きに頑張るよ」

「よかった。私、本当に奈々枝の事だけが心配だったから……」

そう言って真美子はホッとしたように微笑んだ。真美子のそんな様子を見て、奈々枝は思った。もしかしたらお母さんは、私よりも自分が先に結婚して幸せになった事を、後ろ

めたいというか、申し訳なく思ってるんだろうか……。そんな事は思わずに、自分の幸せを満喫したらいいのに……。

夜になって、奈々枝はベッドの横に布団を敷き、自分が布団に寝て、真美子を自分のベッドに寝させてあげた。電気を消して眠りについてしばらくして、奈々枝は布団の中から真美子に声を掛けた。

「お母さん……起きてる？」

「……え？　何？　どうしたの？　具合でも悪いの？」

寝ぼけた声で、真美子は返事をした。

「ううん、そうじゃなくて……お母さんに聞きたい事があって」

「聞きたい事……何？」

「……お母さん、今、幸せ？」

「もちろん幸せよ、当たり前じゃない……何でそんな事聞くの？」

「……ううん、だったら、いいの」

翌日の土曜日は二人で新宿で映画を観て、ショッピングをした。奈々枝は久しぶりに新宿の街を歩きながら、道行く人達が皆、ヘルメットを被っている光景を見て、今更ながら、不思議な気持ちになった。夕方頃、二人は新宿駅の真美子の乗る宇都宮線の電車のホームに向かった。

駅のホームで、真美子は急にふらついてバランスを崩した。

「お母さん、大丈夫っ？」

奈々枝は慌てて真美子の体を支えた。真美子は体勢を立て直すと苦笑して、

「ごめん、ごめん。なんか最近、めまいを起こす事が多くてさ。ヘルメットが重いのかしら」

「貧血なのかな……ちゃんと鉄分取ってる？　病院には行った？」

「そんな大げさなものじゃないから。ほうれん草食べるわ」

電車が来て、真美子は笑顔で帰って行った。

それから二週間ほどたって、最上から奈々枝にラインがあった。今、仕事が大変で、ちょっと息抜きしたいから飲みに行かない？　と書かれていた。

月曜日の仕事帰り、いつもの居酒屋で待ち合わせると、最上は本当に疲れているように見えた。店内の客は前よりもっと減り、四分の一ほどだった。

「ウ、最上君、大丈夫……？　なんか顔色が悪いけど……」

「ああ、これは仕事が忙しくて寝不足だから……。体調は大丈夫だよ。食欲は落ちてないしね……」

「そっか……なら良かった」

奈々枝は最上の相変わらずの丸々とした体形を見て、確かに食欲は落ちて無さそうだ、と思った。

「やっぱり営業の仕事って大変なんだね。私は事務だから分からないけど……」

「営業も大変だけど、今大変なのは別の事なんだよね。実は保険金の支払いの件で、色々問題になっててさ……」

「保険金の支払い？　あ、もしかしてＵＦＯに連れて行かれた人達が入っていた死亡保険

金の支払いが大変なの？　でもうちの会社は死亡保険より医療保険がメインだから、そんなにダメージは無いと思うけど……」

「そうじゃなくて、問題になってるのは特別失踪の事なんだよ」

「特別失踪？」

「人間が行方不明になって生死の確認が取れない場合、通常だと七年たったら死亡が認められるんだよね。そして、死亡保険金も下りる。これは普通失踪って言うんだけど、これに対して、大きな地震なんかの災害や、船の事故なんかに巻き込まれて、死亡している可能性が高いけど、でも遺体が見つからなくて死亡が確認出来ない場合を、特別失踪って言うんだけどさ……特別失踪の場合は一年で死亡が認められて、死亡保険金が下りるんだけど……」

「へぇ、そうなんだ……。で、それが何なの？」

「今回のＵＦＯに連れて行かれた人達は、たぶん特別失踪扱いになるって言われてるんだけどさ」

「え、そうなの……？　でも、槍で体を貫かれてるんだから、確実に亡くなってると思うけど……」

「でも遺体は無いから、確認出来ないだろ？　そうすると医師による死亡診断書が出せないから、死亡だって認められないんだよ……」

「だから、特別失踪なんだ……ＵＦＯは災害みたいな物なんだね……でも、どうしてそれが問題になってるの？　遺族の人が死亡したって認めろって言ってるの？」

「いや、遺族はそんな事は言わないんだけど……」

「じゃあ、何が問題に……」

「今回、その特別失踪の件で詐欺事件が発生してるんだよ」

「詐欺って、保険金詐欺って事!?　どういう事?」

　奈々枝は驚いて思わず前のめりになった。

「UFOに連れて行かれた人は、目撃情報や街中の防犯カメラの映像で特定されるけど、でも防犯カメラは別として、目撃情報って、でっちあげる事も出来るよな……」

「え……」

「つまり、まず高額の死亡保険金を受け取れる保険に加入して、その後、仲間の誰かに、UFOに連れて行かれた嘘の目撃情報を通報させる。そうすれば特別失踪扱いになって、本来は七年待たなきゃいけないところを、一年で保険金を受け取れる……そういう事を、詐欺グループがやっている可能性が出て来たんだ」

「でも、本当は死んでないなら、ばれちゃうんじゃないの?」

「ばれる前に海外逃亡とかするつもりなんだと思うよ。それに、七年間身を隠しているのは難しいかもしれないけど、一年間ならなんとかなるかもしれないしね……」

「……」

「保険料もそうだと思うんだよ。七年も保険料を払い続けるのは大変だけど、一年ならなんとか払えるのかもしれない。例えば、一億の死亡保険金を受け取るのに、ひと月五万円の保険料を払うとしたら、七年間だと四百二十万円かかる」

「けっこうな金額よね」

「でも一年間だったら六十万円で済むからね。あと、特別失踪の他に認定死亡って制度もあって、これの場合は遺体がなくても死亡している可能性が高いと認められれば、一年待たずに三ヶ月で死亡が認められる。特別失踪を決定するのは裁判所で、認定死亡を決定するのは警察だけどね。認定死亡の三ヶ月だったら十五万円で済む。保険金目当ての殺人事件って昔からあるけど、この方法だったらわざわざ人を殺すリスクも避けられるしね」

「でも……確か、UFOに連れて行かれた人を目撃したって通報をして、それが後から嘘だって分かった場合、罰金を払わなきゃいけなかったよね？　かなり高額の」

「そう。それに、本当に目撃した場合も、面倒だってスルーせずに必ず通報しなきゃいけない。通報しなかった場合も、高額の罰金になる。だから普通の一般の人は嘘の目撃の通報なんてしない。詐欺グループだからこそ、そういう事をやるんだよ」

　奈々枝は最上の話を聞き終わると、溜息をついた。

「なんかさ……そういう話を聞くと、ある意味、詐欺師ってすごいなぁって思うよ……世の中が、世界がこんな状況になっても、それでも詐欺をする事をやめないんだね……普通だったら、今までの生き方を悔い改めてボランティアとかしそうだけど……」

　最上は奈々枝をじっと見つめた後、言った。

「でも詐欺師もさ……今までと同じ日常を送ってるだけなんじゃないかな……俺達だって、世界がこんな状態になっても、それでも結局今までと変わらない日常を送ってるだろ？　そうするしかないっていうかさ……。もちろん、田中さんみたいに今回の事をきっかけに、今までの生き方を変えたって人もいるかもしれないけど」

「……」

「とにかく、そんな事で今、色々大変なんだ。でも榎本さんに聞いて貰ってなんだかスッキリしたよ。あ、ごめん。わざわざ仕事の愚痴言って」

「ううん、いいよ。私も自分の会社の事なのに、そんなトラブルが起きてるなんて全然知らなかったから、知れてよかったし。それに私もウ、最上君には普段から相談に乗って貰ってるしさ」

「そっか。なら良かった」

最上はホッとしたように笑って、唐揚げを頬張った。

9

奈々枝は自分のマンションに戻ってから、なんだか妙な胸騒ぎを覚えた。

さっき、最上から聞いた話がふいに頭に蘇ってきた。

人が亡くなっても遺体が見つからなければ、死亡と認められず、失踪扱いになる。

今回、UFOに連れて行かれた人は、特別失踪扱いになる。

だから、誰かがUFOに連れて行かれたと嘘の目撃の通報をすれば、その誰かが死亡保険に加入していた場合、受取人に指定されている人は、一年で死亡保険金を受け取れる……。認定死亡の場合は三ヶ月で……。

奈々枝は母親の真美子と結婚した、堀内の事を思い出していた。

地球にUFOがやって来てから、熱心にお母さんにプロポーズしてきたという、男。

お母さんより、十七歳も年下の、男。

気が付いたら奈々枝はスマホを手に取り、真美子に電話を掛けていた。

「奈々枝？　どうしたの？　こんな時間に。もう十一時よ」

寝ぼけ声の真美子の声がした。

「寝てた？　ごめんね。あのさ、今、近くに堀内さん、いる？」

「いないけど」

「そっか。お母さん、この前東京に来た時、最近めまいがするとか言ってたけど、それはもう治ったの？」

「ああ、それがさ、治るどころか、ひどくなってる感じ。最近はめまいだけじゃなくて、なんだか吐き気もするのよ……こんな状態になったの、奈々枝を妊娠していた時のつわり以来よ」

「吐き気って……そんな状態になるのっておかしくない？　何か変な物でも食べたんじゃないの？　お母さん、昔から健康だけが取り柄なのに」

「失礼ね……まぁ、事実だけどさ。変な物なんて食べてないわよ。食事は堀内さんが作ってくれるしね。彼、料理上手だから」

「……あのさ、怒らないでね、急に変な事聞くけど……お母さんって、堀内さんと結婚した後で、保険に加入とかしてないよね？」

「……何でそんな事聞くの？」

「加入してないんだよね？」

「したよ」

真美子はあっさりとそう言った。

「したのっ!?　何でっ!?　だってお母さんはもう、うちの会社の保険に入ってるじゃない。

医療保険と死亡保険がセットになってるやつ」

「でも、その死亡保険金の受取人って、奈々枝でしょ?」

「だってお母さんの家族は私だけだったし……まさか、堀内さんが受取人の死亡保険に、新しく入ったの?」

「そうだけど」

「何で……入れって、堀内さんが言ったの?」

「まさか。私から入ろうって言ったのよ。だって、私の方が堀内さんよりも十七歳も年上でしょ? いくら女の方が長生きだからって私が先に死ぬ可能性が高いわよね。そう考えると、堀内さんに少しでも何か残してあげたいし……」

「その死亡保険金の給付額って、いくらなの?」

「うーん、いくらだったかなぁ……そんなに高くなかったと思うけど……三千万かな?」

「十分高いわよ……あのさ、私今まで堀内さんが何の仕事してるか、詳しく聞いた事なかったけど、確か、飲食店に勤めてるんだよね?」

「違うよ。堀内さんは社長さん」

「社長さんって……飲食店を経営してるって事?」

「そう、宇都宮でバーをやってるの。バーで出す簡単な軽食なんかも自分で作ってるのよ。調理師免許を持ってるから。でもね、こんなご時世だから、やっぱり経営は大変みたいだけどね。でも、一生懸命頑張ってる。今も、店に出てて、いないのよ」

「……」

奈々枝は真美子の言葉が頭の中でリフレインした。

こんなご時世だから、経営が大変。経営が大変。

真美子は大きな欠伸をした後、

「もう、夜遅いから切るわよ。おやすみ」

「待って、お母さん……」

電話は真美子の方から一方的に切れた。

奈々枝はスマホを持ったまま、呆然と立ち尽くした。再度、真美子に電話を掛け直そうとも思ったが、でも、掛け直して、何を言えばいいか分からなかった。

翌日、奈々枝は最上に母親の事を相談しようと思いたち、会社のお昼休みに営業部へ行った。いつものように居酒屋で会おうとも思ったが、今、最上は仕事が忙しいので、手っ取り早くお昼休みに話を済ませようと思ったからだ。

奈々枝が営業部のオフィスに行って最上の事を聞くと、対応に出た四十代ぐらいの女性社員が、

「ああ、ベイちゃん？　ちょうどさっき出先から戻って来て、またランチを食べに出て行ったけど……」

「……ベイちゃん？」

女性社員はハッと口を押えると、

「ごめんなさい、私、普段、心の中だけで最上君の事をベイちゃんって呼んでて……ディズニーのベイマックスの略なんだけど……この事、最上君には言わないでね」

「……」

女性社員はオフィスにいる他の人に聞いた。

「ねぇ、ベ、最上君、どこに食べに行ったか知らない？」

「あ、シロ……最上さんなら、隣のビルのラーメン屋さんに行くって言ってました」

側の席に座ってお弁当を食べていた、二十代ぐらいの女性社員が答えた。

「ありがとうございます。今から行ってみます」

奈々枝は礼を言うと、営業部のオフィスから出た。廊下を歩きながら、奈々枝は考えた。さっきのお弁当を食べていた二十代ぐらいの女性社員も初めにシロ……と言いかけていたが、恐らく、彼女もウッシーヌの事を心の中でだけ、何か別の名前で呼んでいるのだろう。たぶん、シロクマかな。私もウッシーヌの事を、シロクマに似ていると思った事があるから。

ウッシーヌの回りにいる人達、特に女性は、彼に対して、何か共通のイメージを持っているのかもしれない。それは、大きくて、白くて、フワフワして、柔らかくて、暖かいもの。疲れている時に、寄り掛かって眠りたくなるような。ウッシーヌは、まるで生きているぬいぐるみのようだ。

奈々枝がラーメン屋に着くと、最上は二人用のテーブルの席で、一人で豚骨ラーメンを食べていた。奈々枝は最上の向かいの席に座り、塩ラーメンを注文すると、さっそく母親の事を話した。最上は話を聞き終わると、

「つまり榎本さんは、堀内さんが、ＵＦＯに連れて行かれた人は特別失踪になると見込んで、榎本さんのお母さんにプロポーズしたって思ってるの？　堀内さんは榎本さんのお母さんを殺してその遺体をどこかに隠して、ＵＦＯに連れて行かれたって嘘の目撃の通報を

して、一年後に保険金を受け取ろうとしてるって事？　それはいくらなんでも考え過ぎじゃないかなぁ……」

「でも、実際にお母さんは堀内さんと暮らすようになってから、体調を崩してるのよ。めまいがしたり、吐き気がしたりするんだって。堀内さんが食事を作ってるらしいから、もしかしたら食事に毒でも入れて、お母さんの体を徐々に弱らせているんじゃないかと思うの。そして、弱ったところを一気に……」

「どうして殺すために体を弱らせる必要があるわけ？　三十代の男性が、五十代の女性を殺すなんて、体力的には簡単だと思うけど」

「うちのお母さん、けっこう力があるのよ。握力が四十ぐらいあるの」

「四十っ!?　すごい、男並みじゃん……」

「昔からスポーツが好きでよくやってたし、今は登山が趣味だから」

「アクティブなんだね……。でも、堀内さんが本当に榎本さんの言うように保険金目当てだったら、わざわざ特別失踪なんて狙わないで、榎本さんのお母さんを事故にみせかけて殺しちゃった方がすぐに保険金を受け取れるんじゃない？　たとえばだけど、マンションのベランダとか、階段から突き落とすとか。その後、第一発見者として通報すればいいし」

「でもその場合、遺体がちゃんと存在するから、遺体や現場に不審な点が見つかった場合、堀内さんに不利になるよね。殺人罪で捕まったりはしたくないだろうし。そうすると、やっぱり遺体を隠して特別失踪にした方が、安全だと思ったんじゃないかな。だって遺体を山奥とかに埋めた場合、なかなか見つけるのは難しいでしょ」

「なるほど、確かに……でもなぁ……」

最上は豚骨ラーメンの残りの汁を一気に飲み干すと、言った。

「やっぱり俺は考え過ぎだと思うよ」

「……」

10

数日後、土曜日になって、奈々枝は朝から部屋で読書をしていたが、どうしても母親の真美子の事が気にかかり、本の内容が頭に入って来なかった。

奈々枝はスマホを手に取り、真美子に電話を掛けた。

「あら、奈々枝、こんな朝早くからどうしたのよ」

「特に用事は無いんだけど……お母さん、今、何してるの?」

「今ね、戸隠に来てるの」

「戸隠って……長野県の戸隠?　……何でそんな所に」

「戸隠神社にお参りに行くのよ。色々お願いしたい事があるしね。世界が早く元の状態に戻りますように、とか、奈々枝が早く結婚出来ますように、とかね」

「堀内さんも一緒なの?」

「もちろん。堀内さんが行こうって誘ってくれたの。あ、バスが来たから切るね」

電話は一方的に切れた。

「ちょっと、お母さんっ!!」

奈々枝は急いで電話を掛け直したが、コール音が鳴るだけで、真美子は出なかった。

長野県の戸隠……確か、標高が千メートル以上ある、山の中にある場所だ。そこにある戸隠神社はパワースポットとして有名らしく、以前、友達が行った事がある。

奈々枝は自分が最上に言った言葉を思い出していた。

遺体を山奥とかに埋めた場合、なかなか見つけるのは難しいでしょ。

奈々枝は咄嗟に最上に電話を掛けていた。

「榎本さん？　どうしたの？　休みの日に電話なんて珍しい……」

「ウ、最上君、私もたぶん私の考え過ぎだと思うの。ただの勘違いだって思うの。でも、もし本当だったら勘違いだって思ってスルーした事を、後で死ぬほど後悔すると思うの。だから、勘違いだって分かってても、やっぱりスルーしたくないの」

「いったい何の話？」

「ウ、最上君、今から、私と一緒に戸隠に行ってほしいの！」


奈々枝と最上は長野駅から出ている戸隠神社行きのバスから降り、歩き出した。二人共、ヘルメットを被っていた。

最上は呆気にとられたように周囲を見回し、

「戸隠って、本当にすごい山の中なんだな……。熊とか出そう。バスもすごい崖の横を走って行ったし……確かに榎本さんの言う通り、こんな所に遺体を埋めたら、まず見つからないかも……」

「山の中だから森も多くて、人気のない場所が多そうだね……」

奈々枝は道路の脇にある、森へと続く小道を見た。

最上がハッと思いついたように、

「戸隠って、蕎麦で有名なんだよな」

「……早く、お母さんを見つけないと」

「そうだな。まず神社の中を探してみよう」

奈々枝と最上は近くにある神社の中を探したが、真美子も、堀内も発見出来なかった。

どうやら戸隠神社は一つではなく、複数あって、戸隠の中に点在しているらしい。奈々枝と最上は全部の神社を回ろうと、歩き出した。

観光シーズンではないためか、奈々枝と最上以外は誰もいない道路を歩いていると、最上がポツリと呟いた。

「この崖から落ちたら、ひとたまりもないな……」

「そうだね……」

道路の横はすぐ崖になっていて、張り巡らせてあるガードレールだけが、なんとか安心感を与えてくれていた。

奈々枝は崖を見ようとして横を向くとハッとして、

「ウ、最上君、あそこにいるの、お母さんよ！」

「え？」

奈々枝と最上がいる道路とは崖を挟んで、反対側にある道路に、真美子はヘルメットを被った状態で、一人で佇んでいた。正確に言うと、こちらに背を向けて、ガードレールに腰掛けていた。

「本当に？　遠いし、後姿だけじゃ……」

「間違いない、お母さんよ」

奈々枝は真美子に向かって、声を張り上げた。

「お母さん!!　お母さん!!　気付いて!!」

だけど、後姿の真美子は微動だにしなかった。

「遠すぎて聞こえないんだよ、電話をかけた方がいい」

「あ、そうだね」

奈々枝が慌ててバッグからスマホを取り出した瞬間、後姿の真美子が、手を上げた。

「……堀内さん」

奈々枝が呟いた。

「え、あの人が……?」

真美子の前方から、ヘルメットを被った堀内が歩いて来た。パーカーを着ていて、両手をポケットに突っ込んでいる。堀内はゆっくりと真美子に近づくと、両手を、ポケットから出した。

奈々枝は思わず目を閉じた。堀内が何か凶器でも出してきて、真美子を脅して、崖の下に突き落とすと思ったからだった。

「缶コーヒーだ……」

「え」

最上の言葉に、奈々枝は目を開けた。堀内は笑顔で缶コーヒーを二つ、ポケットから出して、一つを真美子に渡した。そして、真美子の隣に腰掛けた。真美子はヘルメットを被った頭を堀内の肩に預けて、寄り添っていた。

「……」

奈々枝は無言で、その光景を眺めた。

「……帰ろっか」

奈々枝の隣で、最上が呟いた。

「……うん」


長野駅行きのバス停に向かいながら、奈々枝は最上に謝った。

「ごめんね、ウ、最上君。私の勘違いで、戸隠まで連れて来ちゃって……。私、ミステリー小説が好きでよく読むんだけど、それに変に影響されちゃったみたい……」

「いや、いいよ。あのさ、俺、思ったんだけど、榎本さんのお母さんが体調が悪かったのって、更年期障害が原因じゃない？」

「更年期障害……」

「女性は大体、四十代から五十代にかけてなるみたいだし。全然ならない人もいるみたいだけどさ。症状としては、倦怠感があったり、めまいがしたり、吐き気がしたり、頭痛がしたりするみたいだよ」

「……」

「実はうちの姉ちゃんも最近、なってさ。それで俺も色々な症状があるって知ったんだけど」

「そっか、更年期障害か……そうだったのかもしれないね。ほんとに私、とんだ勘違をしてたね」

「でも、分かるよ。実は俺もさ……ちょっと疑ってたんだよ」

「え？」

「榎本さんのお母さんの再婚相手が十七歳下って聞いてさ、そんな年の離れた二人に恋愛感情なんて存在するのかなって……。榎本さんのお母さんの一方通行で、再婚相手の人は、何か、愛情以外の物が目当てなんじゃないかなって……」

「……そう思っちゃうよね」

「うん。でも、さっきの二人の姿を見てさ、なんか納得出来る物があったよ。ああ、この二人はちゃんと愛し合ってるんだなって、思った。後姿からも、それが伝わって来たよ……」

「……うん」

「ああいう姿を見るとさ、女性は男性に愛されるのがやっぱり一番の幸せなのかなって思っちゃうな。まぁ、人によるのかもしれないけどね。でも、うちの姉ちゃんも結局、元の鞘に収まったし……」

「え、お姉さん、旦那さんの所に戻ったの？」

「うん、戻った。旦那さんもよく許して受け入れたよって思うけどね。まぁ、旦那さんもこんな世の中だから、一人でいるのが辛かったのかもしれないけど……でも、姉ちゃんに側にいて欲しいって思ったって事は、やっぱり姉ちゃんの事を愛してるのかな……」

「そうなんだよ、きっと……それにきっと、お姉さんもね……」

奈々枝は歩きながら、思った。

お母さんの事が羨ましいな。ウッシーヌのお姉さんの事が羨ましいな。

死ぬまで自分の側にいてくれる誰かに巡り会えて。
死ぬまで側にいたいと思う、誰かに巡り会えて。

11

翌日の日曜日、奈々枝は新宿に映画を観に、一人で出掛けて行った。戸隠に行った翌日なので本当は疲れていて家で休みたかったが、家に一人でいると、なんだか気持ちが落ち込んでくるので、あえて外に出ようと思ったのだ。

映画館の中はガラガラで、奈々枝以外数人しかいなかったが、映画の内容が面白かったので、奈々枝は満足した。映画を観終わって、ウインドーショッピングでもしようかと新宿の街を歩いていて、奈々枝は違和感を覚えた。

この前、お母さんと一緒に来た時はそうでもなかったのに、今は明らかに新宿の街から人がいなくなっている、と思った。いわゆる人混みのようなものは全く無く、人が数人歩いているだけで閑散としていた。

奈々枝は昔から人混みが嫌いで、用事があって新宿や渋谷に行くと、あまりの人の多さに辟易としてしまい、普段は絶対しない舌打ちを思わずしそうになってしまうぐらいだったが、いつもは人が大勢いる新宿がこんな風になってしまうと、あんなに嫌いだった人混みが、何故か懐かしいような気持ちになった。

奈々枝がそんな事を思っている時、それは、突然、起こった。

ちょうど新宿駅南口手前の、甲州街道の横の歩道を歩いている時だった。

突然、空から、先端が尖った槍のような細い棒が、すごいスピードで降って来て、奈々枝の目の前を歩いていた中年の男性の体を、貫いたのだ。

男性はあっという間に槍に串刺しにされたまま、空へと昇って行き、ＵＦＯの中に吸い込まれていった。

奈々枝はその場に、ただ呆然と立ち尽くした。

今、目の前で起こった光景が、信じられなかった。現実の事とは、思えなかった。

ふと回りを見ると、奈々枝の他の、歩道を歩いていた数人が、スマホを取り出し、一斉に電話を掛け始めていた。

皆、どうして、急に電話を……ああ、そうか、通報しなきゃ……。

奈々枝はＵＦＯに連れて行かれた人を目撃したら通報しなければ、高額の罰金を払わなければいけない事を思い出した。

奈々枝は目の前で起きた出来事をまだ信じられない気持ちのまま、バッグからスマホを取り出した。


通報をした後、急激に疲れを感じ、奈々枝はそのまま自分のマンションへ帰った。マンションに帰り着き、部屋の中に入った途端、崩れるように座り込んでしまった。

奈々枝は座ったまま、新宿で目撃した光景を思い出していた。

今もまだ、さっき見た事が現実の事とは思えなかった。

まるでＣＧを見たような気持ちだった。

何故そう思ったかというと、槍は確かに、男性の体を貫いたのに、男性の体から血は吹き出なかったし、何の音もしなかったからだ。

あんなに近くで起こった事なのだから、本来だったら聞こえるはずの、骨が砕ける音、筋肉の繊維が断裂する音、それらは全く聞こえなかった。

まるで、ウインナーに爪楊枝を通すように、何の音もたてずに、スッと、滑らかに槍は男性の体を貫いていった。

奈々枝は、アメリカのニューヨークで起こった、宇宙人が最初に人間を串刺しにした出来事を思い出していた。あの時、串刺しにされた人の回りにいた人達は、目の前の出来事が信じられず、自分は白昼夢を見たと思ったらしい。

その話を聞いた時、正直、奈々枝は、いい年をした大人がいったい何を言ってるんだろうと思ってしまった。白昼夢だなんて。実際に、自分の目で、ちゃんと見たのに。

だけど今だったら、その人達の気持ちが分かると思った。

あんな風に何の音もせず、血も見えなかったら、まるで現実感が無い。リアリティを、感じられない。

奈々枝はふいに、宇宙人からのメッセージを思い出した。

〝私達は、皆さんを食べたりしません。私達はそんな野蛮ではなく、もっとスマートな生き物です〟

スマートな生き物。スマートな殺し方……。そんな言葉が、一瞬、頭に浮かんだ。

奈々枝は突然、今日はいったい何人が、UFOに連れて行かれたのだろうと気になった。

宇宙人が地球に来てから、UFOに連れて行かれた人数を毎日、テレビやネットでチェックしていたが、最近は見なくなっていた。日本でも世界でも、人数はどんどん増えていって憂鬱な気持ちになるし、自分が人数をチェックしたところで、ＵＦＯに連れて行かれる人の数が減るわけでもないし、と思った。現実は何も変わらないのだから。そんな風に思ってしまって、見なくなってしまっていたのだ。

だけど今日、目の前でＵＦＯに人が連れて行かれるところを見て、急に気になって、久しぶりに人数が発表されているネットのサイトを開いた。

まだ午後七時になっていなかったので、発表されているのは昨日の人数だった。だけど、奈々枝はその数に衝撃を受けた。

日本で一万人、世界で……二百万人……!?

しばらく見ないでいる内に、そんなすごい数の人がＵＦＯに連れて行かれていたなんて……。今日、新宿の街があんなに閑散としていたのは、皆が外出を控えているだけではなく、確実に日本から、人がいなくなっていたからだったのだろうか……。

奈々枝はふと思いついて、椅子に座り、机に置いてあるノートパソコンで、ネットの動画を見始めた。検索ワードは、ニューヨークの街、だ。世界の中心地であるアメリカのニューヨークの街、宇宙人が一番初めに人間を串刺しにした街が、今、現在、どうなっているのか知りたかった。

すると、ニューヨークの街の様子を今、ちょうどライブ配信している動画を見つける事が出来た。奈々枝はその動画を見ようとクリックした。

ライブ配信しているのは、偶然にも、日本人だった。日本人の二十代ぐらいの若い女の子が、ヘルメットを被って映っている。

「皆さん、見えますか？　信じられますか？　これが、今のニューヨークです」

女の子はスマホで配信しているらしく、スマホを自分の顔から、街へと向けた。

そこは、ニューヨークのタイムズスクエアだった。

誰もいない、タイムズスクエアだった。

女の子は再び、スマホを自分の顔に戻した。

「誰もいません。誰一人、歩いていません。ここは、タイムズスクエアなのに……。私は、十八歳の時にダンサーを目指してニューヨークに来て、ここに住み始めて十年になりますが、今まで、こんな光景は、見たことがありません……。まるで、ニューヨークから、人間がいなくなったみたいです……世界から、人間がいなくなったみたいです……」

女の子は、泣いていた。彼女は泣きながら、ニューヨークから、世界の中心から、孤独を訴えていた。

奈々枝は、気が付いたらライブ配信を見ながら、涙を流していた。どうして、どうして、こんな事に……世界は、どうしてこんな事に……。

奈々枝は動画がぼやけて見えなくなると思い、涙を拭った。その瞬間、ライブ配信している女の子の頭上から、すごいスピードで槍が降って来て、女の子を串刺しにした。

ガシャン、と物が落ちる音がして、突然、映像が切り替わり、そこにはもう、空しか映っていなかった。

奈々枝はあまりのショッキングな出来事に、反射的にパソコンの蓋を閉じてしまった。

その後、ただ呆然と座っていた。

どれぐらい時間が経っただろう。奈々枝は考え始めていた。今まで、考えていなかった、考える事を避けていた、事を。

もし……もし、世界中の人間がＵＦＯに連れて行かれて……私一人だけが、この地球に残されたらどうしよう。

一人ぼっちで、取り残されたら、どうしよう。

いくらなんでも確率的には、その可能性は少ないように思えた。だけど……私の回りにいる、私の数少ない親しい人達、私の大切な人達が、私より先にＵＦＯに連れて行かれてしまう可能性は、十分あるような気がした。

奈々枝は咄嗟にスマホを手に取ると、母親の真美子に電話を掛けようとした。

だけど、手が止まった。

奈々枝はスマホ画面の『お母さん』の通話履歴をじっと見つめた。

画面に、ポトン、と涙が落ちた。

奈々枝は涙を拭くと、『ウッシーヌ』と表示された履歴をタップして電話を掛けた。

「あれ、榎本さん、どうしたの？　昨日、会ったばっかりなのに」

スマホから、最上の、いつも通りの呑気な声が聞こえてきた。奈々枝は急にホッとした気持ちになり、今、感じていた不安を最上に伝えた。すると最上は、

「……分かるよ。俺も、考えた事あるよ。もし、家族が自分より先にＵＦＯに連れて行かれちゃったら、どうしようって……」

「考えるよね……」

「うん。でも考えてもどうにもならないし。それに実際、もう家族とか恋人とか、自分の大切な人が、自分より先にＵＦＯに連れて行かれちゃった人もいるんだろうしね……」

「……そうだよね。現実に、そういう人が、きっといるんだよね。でも、どうしよう……

私、もし自分がそんな目に遭ったら、耐えられそうにないよ……ひとりぼっちで、耐える事なんて出来なそうだよ……」

最上はしばらく黙った後、

「榎本さん、良かったら俺、榎本さんの近所に引っ越そうか？」

「え？」

「榎本さんは一人暮らしだから、気持ちが落ち込んだ時、とことんまでいっちゃうんじゃないかな。でも側に誰かいれば、それだけで気持ちが紛れるっていうか、落ち込んだ気持ちにストップがかかるって事、あると思うよ。実際、俺も家族と暮らしていて、気持ち的にかなり救われてるしね……。だから、俺が近所にいたら、榎本さんが落ち込んだ時にすぐ駆けつけて、側にいてあげるって事が出来ると思うんだ。榎本さんさえ、良かったらだけど……」

「……」

奈々枝は、最上の申し出に、ありがたさを感じた。家族でも、恋人でもない私のために、ここまで言ってくれるなんて……。優しいね、ウッシーヌ。私が思うより、ずっと、ウッシーヌは優しかったんだね……。

でも、ウッシーヌが優しいからこそ、ウッシーヌの優しさに甘えてはいけないと思った。私の自分勝手な我儘で、私の抱える孤独に、ウッシーヌを巻き込んではいけないと思った。誰だって、死ぬ最後の瞬間は、家族と、かけがえのない大切な相手と、一緒にいたいに決まってる。

「……ありがとう、ウ、最上君……。私なんかのために、そこまで言ってくれて……。それだけで、もう十分だよ。ウ、最上君は引っ越しなんかしないで、家族と一緒に暮らして……」

「榎本さん……」

「ウ、最上君とちょっと話したら元気出たよ、ありがとう。じゃあ」

そう言って、奈々枝が電話を切ろうとすると、

「榎本さん、最近外出してる?」

と最上が少し心配そうな声で聞いてきた。

「え? してるよ。昨日はウ、最上君と戸隠に行ったし、今日は新宿に映画を観に行ったし。一人でだけどね」

「そっか……。出来ればさ、一人ではあまり出掛けない方がいいよ。最近、物騒だから」

「物騒?」

「ここ、何日かでさ、一人で歩いている人が、通りすがりの知らない人に、突然、殴られる事件が多発してるんだよ……」

「知らない人に突然、殴られる? 何で、そんな事が……」

「……皆、ストレスが溜まってるんじゃないかな……。こんな世の中だからね」

「……」

「だから、榎本さんも、気を付けて」

「……うん、分かった」

翌日の月曜日に奈々枝がいつも通りに会社に行くと、部長が神妙な口調で、皆に報告があります、と言った。

部長の表情が明らかに暗かったので、奈々枝は嫌な予感がした。部長は口を開くと、

「……この間、うちの会社が辞めた田中博美さんが……世界一周のクルーズ旅行中、船が立ち寄ったイタリアのローマの街で、UFOに連れて行かれました」

オフィスの中は水を打ったように静まり返った。

田中さんが、UFOに連れて行かれた……?

田中さんが……死んだ?

奈々枝はとても信じられなかった。

部長の報告が終わり、皆がそれぞれの仕事を始め出した後も、奈々枝は自分の机で呆然としていた。

奈々枝は、博美が横浜港から船が出発する寸前、言っていた事を思い出していた。

旅行中にさ、イタリアの街を歩いている時なんかに、槍で串刺しにされて死んじゃうかもしれないけどさ。それでも、日本で、会社に向かう道の途中で串刺しにされるよりは、いいと思うんだよね……後悔しないで済むっていうか……。

博美はあの時、自分の未来を予言していたのだろうか。そんな風に思ってしまった。

それでも、生きている間に、世界一周をしたいと、旅立ったのだろうか。

世界を、地球を、見ておきたいと。

奈々枝は目から涙が零れそうになり、慌てて手で押さえた。その時、自分の目の前の机

の森野がいない事に気が付いた。

「……あの、今日、森野さんは」

斜め前の机の男性社員の町田に聞くと、

「……森野、今日はまだ出社してないんだ」

「……」


仕事が終わり帰る途中で、奈々枝は冷蔵庫の中の食材が切れかかっているのを思い出し、三日ぶりにスーパーに寄った。

スーパーの中に入り、奈々枝は驚いた。この前来た時より、ひどく混雑していたからだ。奈々枝は人混みを掻き分け、生鮮食品コーナーに行った。

そこでは、肉も、魚も一つ残らず売り切れていた。野菜も、果物も無かった。

奈々枝は慌ててパンや惣菜など、他の食べ物が売られているコーナーに行った。それらが売られている棚も、すべて空になっていた。食べ物はすべて無く、お菓子すら無く、水のペットボトルも無かった。奈々枝は急いで少し離れているもう一つのスーパーに向かったが、結果は同じだった。

奈々枝はスーパーでは無く、コンビニに向かった。コンビニの食品コーナーは、スーパーと同じようにほとんど空になっていたが、わずかに缶詰が数個と、食パンの六枚切りが一斤、置いてあった。奈々枝はそれらを買うと、マンションに帰った。

マンションの部屋の扉を閉めた途端、体が震えてきた。

こんな、こんな事になるなんて……。

以前、宇宙人が地球にやって来てすぐ、こんな風に買占めが起こった事があった。UFOに連れて行かれるのが怖くて、大量の食糧を買い込み、仕事にも行かず、家に籠城した人が多発したからだ。だけど、それからしばらくするとUFOに人が連れて行かれる事が日常になり、皆、その事に慣れてしまい、いつしか買占めは収まっていた。だけど、また、始まったのだ。しかも今度は本格的に……。

今は建物の中にいても槍で突き刺されてしまう事は分かっているが、どんどん人口が少なくなっている事で、食糧の生産者がいなくなる事を危惧し、今ある食糧を買占めようとしているのかもしれない。そうだ、食糧以外の物も、生産者がいなくなったり、その仕事に従事している人がいなくなったら……。

奈々枝はバッグからスマホを取り出し、食品が売られているネットのサイトを見たが、食品はすべて売り切れになっていた。他のサイトも見たが、同じだった。

奈々枝は次にカセットコンロや、発電機を売っているサイトを見たが、同じように売り切れだった。奈々枝はスマホをじっと見ると、

「……そうだ、モバイルバッテリー……」

だけど、それも、すべて売り切れだった。

奈々枝は呆然と立ち尽くすと、自嘲気味に呟いた。

「……いつも、気付くのが遅いんだよな……」

奈々枝は冷蔵庫を確認した。冷蔵庫の中には、牛乳のパック一本と、トマト二個と、豆腐一丁と、卵五個と、苺ジャムの缶が一つ、残っていた。冷凍庫の中は空っぽだった。奈々枝は買ってきた食パンをカビが生えない様に、冷凍庫に入れた。キッチンの棚には、イン

スタントのお味噌汁が三パックと、海苔のふりかけが二パック置いてあった。その横に、買ってきた缶詰を置いた。

「お米は……あと、一週間分ぐらいか」

キッチンの下の、お米を入れてある容器の中を確認すると、奈々枝は立ち上がった。

その瞬間、ハッと母親の真美子の事を思いだし、電話を掛けようとした時、スマホが鳴った。

画面に表示された名前は、渡辺充だった。

一瞬、誰か分からなかったが、すぐに思い出した。

母親が勤めているベーカリーの店長だった。お母さんが、緊急連絡先として私の電話番号を店長に教えたからと言って、私にも店長の電話番号を教えてくれたのだ。

「……」

奈々枝はスマホをじっと見た後、電話に出た。

「もしもし……」

「あ……私、ベーカリー小麦の国の宇都宮店の店長の渡辺と申しますが、堀内真美子さんの娘さんの、榎本奈々枝さんですか?」

「……はい」

「あの、実は、申し上げにくいんですが、ついさっき……」

「……」

「お母様が、ＵＦＯに連れて行かれました」

「……」

「あの、聞こえてますか？」

「はい……」

「そうですか。たぶんこれから警察からも連絡が来ると思いますが、先に伝えておこうと思いまして……。お母様、堀内真美子さんは、本当についさっき、うちの店の仕事が終わって、店の入り口を出て、前の歩道を歩いている時に、ＵＦＯに連れて行かれて……」

「……」

「その時、堀内さんも一緒だったんですよ」

「え、堀内さんって、母の再婚相手の……？」

「ええ。堀内さんは、お母様の仕事が終わる時間に、いつも店まで迎えに来てたんです。ご自分の仕事は夜からだからって。本当に仲が良かったんです」

「……そうですか」

「でもまさか、堀内さんまでＵＦＯに連れて行かれるなんて……」

「……え？　どういう事ですか？　ＵＦＯに連れて行かれたのは母なんですよね？　ＵＦＯは、二人連続で、連れて行ったんですか？」

「いいえ、その時、お母様と堀内さんは手を繋いで歩いていたらしいんです」

「手を繋いでいた……」

「でも、すぐ側を歩いていて目撃した人の話によると、お母様は槍で、その、串刺しにされた瞬間、堀内さんの手を離したっていうんです。だけど、堀内さんが握り返して、それで、結局、二人共ＵＦＯの中に……」

「……」

「それじゃあ、ご報告まで。失礼します」

電話が切れた後、奈々枝はしばらく立ち尽くしていたが、最上の声が聞きたくなり、電話を掛けようとした瞬間、また、電話が鳴った。

表示を見ると、会社の自分が所属している商品企画部の電話番号だった。

どうして会社から電話が……？　会社で何かあったのだろうか。

奈々枝は訝しい気持ちになりながら、電話に出た。

「もしもし」

「あ、榎本さん？　部長の岡田だけど、実は話があって……今、大丈夫？」

「はい、何でしょう」

「まぁ、単刀直入に言うけど、実は、うちの会社、今日で倒産したんだ」

「え？」

奈々枝は意味が分からず、一瞬、ポカンとしてしまった。

「本当にすまない。でも、そういう事だから、明日からはもう、会社に来なくていいから」

「倒産って、それ本当なんですか……いったいどうして……」

「保険の契約者がね、皆、解約しちゃったんだよ。でもそりゃそうだよな、うちの会社は医療保険がメインだし。こんな世の中で、先の事を考えて医療保険に入っておこうなんて、もう、誰も思わないよ……」

「……」

「榎本さんは勤続年数が長いし、ちゃんと退職金が出るから。まぁ、雀の涙ほどで、申し訳ないけど……。明日には振り込まれてると思うから。それじゃ」

「……」

「あ、そうだ、榎本さん、今日さ、森野が会社に来てなかったろ。あいつね……ＵＦＯに連れて行かれたらしい。さっき、家族から連絡があった」

「……そうですか」

「あと、営業部の……最上って知ってる？　ほら、あの丸い体形の」

「……はい」

「やっぱり知ってるか。社内でも目立つもんな。実は、昨日の夜……ＵＦＯに連れて行かれちゃったんだよ、あいつ」

「……」

「もう午後五時を過ぎてからの目撃情報だったから、今日の発表分の人数に回されたみたいだけどね。家族が言うには、深夜にコンビニにポテトチップスを買いに行って、コンビニを出てすぐに、連れて行かれたらしい。防犯カメラに映ってたらしいよ。ポテチを買いに行って連れて行かれるとかって、あいつらしいよなぁ」

「……」

「うちの会社の人間も、どんどんいなくなるな……。じゃあ、元気で」

そう言って、電話は切れた。

奈々枝はスマホをテーブルに置くと、ソファーに座った。

それから、どれぐらいの時間、そうしていただろう。

奈々枝はスマホを手に取った。

そして、電話を掛けた。

母親の真美子に、掛けた。

だけど、コール音が鳴るだけで、真美子は出なかった。

奈々枝は次に、最上に掛けた。

同じように、ただ、コール音だけが聞こえてきた。

奈々枝は何度も繰り返し、真美子と最上に電話を掛けた。

「……出て、お母さん、電話に出て……」

「ウッシーヌ……電話に出てよ……」

奈々枝は天井を仰いだ。涙が頬を伝わっていった。

13

翌日、奈々枝は目が覚めて、枕元のスマホで時間を確認すると、午前九時だった。奈々枝は驚いてベッドから飛び起きた。

「大変、会社に遅刻し……ああ、そっか……もう、行かなくていいんだった」

だからアラームも、セットするのをやめたんだった。奈々枝はベッドから降りると、窓際に行き、カーテンを開けた。

外は良い天気のようだった。奈々枝の部屋は一階で、空は見えなかったが、差し込んでくる陽光の明るさで分かった。空を見上げる気にはならなかった。奈々枝はカーテンを勢いよく閉めた。

そしてキッチンに行き、コーヒーを淹れて、冷凍していた食パンを焼き、苺ジャムを付けて食べた。食べ終わるとヘルメットを被り、スマホと財布をバッグに入れて、駅前の銀行のＡＴＭに出掛けた。部長の言う通り、ちゃんと退職金は振り込まれていた。

奈々枝はそのお金を銀行の封筒に入れ、バッグに仕舞い、スーパーに出掛けた。だけど、昨日開いていたスーパーは、今日は閉まっていた。何軒か近くのスーパーを回ったが、どこも閉まっていた。コンビニも、同じだった。

食事が出来る場所を探したが、レストランも、カフェも、お弁当屋さんも、ファストフード店も、ベーカリーも、食べ物を提供する店はどこも閉まっていた。

奈々枝は何も買えず、何も食べられずに、マンションに戻った。

ベーカリーの店長が、警察から母親の件で連絡が来ると言っていたので、その電話を待っていたが、夜になっても掛かって来なかった。警察も、どんどん増え続ける目撃情報の処理で大変で、いちいち遺族に連絡する事は止めたのかもしれない。家族が戻って来なかったら、そういう事だって察しろよ、という事かもしれない。

それから一週間、奈々枝は毎日のように食べ物を求めて彷徨っていたが、相変わらず食べ物関係の店は閉まっていて、ネットで調べた食べられる雑草が河川敷で手に入った以外は、何の収穫も得られず、家にある食べ物もついに底を尽きた。電気やガスはまだ使えて、水道からも水は出たので、空腹を紛らわすために、水を飲み、雑草を食べた。

そして、体力を消耗しないために、出来るだけ動かないようにして、ベッドかソファーに寝転んでいた。ネットもまだ繋がっていて、信じられなかったが、テレビもまだ映った。ただ、生放送はニュース番組と宇宙人に関する特集番組だけで、その他は過去に放送したドラマやバラエティ番組が延々と流れていた。特集番組では、食べ物はまだ十分あるのに、何故買占めが起きてしまい、いつまでたっても収まらないのかと議論され、ある学者が、人は命の危険にさらされると、まず第一に食べ物と水を確保しようとする。それは本能的な行動だと言った。そして、飲食店が閉まっているのは、単純に食材が手に入らない事と、こんな状況で、家族以外の他人のために食事を作る心の余裕を持てないんじゃないかと言っていた。あと食事を巡って店内で暴動が起きるのを警戒しているのかもしれない、と。

そうなのかもしれないなと奈々枝は思った。

奈々枝はスマホで毎日、午後七時に発表されるUFOに連れて行かれた人数をチェックしていた。

日に日に、人数は多くなっていた。日本では、三万人、五万人、七万人、九万人、十一万人、十三万人、十五万人、とちょうど二万人ずつ増えていっていたが、世界では、四百万人、六百万人、八百万人、一千万人、一千二百万人、一千四百万人、一千六百万人……と、ちょうど二百万人ずつ増えていっていた。

しかし、今日の午後七時の発表を見て、奈々枝は愕然とした。

日本が、五十万人、世界が、三千万人っ!?

「一気に増えたな……」

奈々枝はソファーに寝転びながら、呟いた。

このペースで増え続ければ、一年を待たずに、世界中の人間がいなくなるだろう。

どうやら宇宙人は、ゲームを途中でやめる気は無いらしい。

最後まで、クリアするまでやるつもりなのだろう。

奈々枝はふと、詐欺グループの事を思い出した。残念だったね、あなた達は、たぶん、一年後、保険金は受け取れない……。いや、たぶん、生きてない。そして、それは私もそうだろう。

宇宙人が世界中の人間を串刺しにする前に、別の原因で死ぬ可能性もあった。この地球には、人間が作り出した危険な物がたくさんある。核施設や、原子力発電所、火力発電所、石油コンビナート、たくさんの色々な工場……これらはすべて、管理する人間が存在するからこそ、爆発もせず、正常に作動し、安全対策も取られているのだから……。

奈々枝はソファーに寝転がったまま、眠ってしまった。

突然、激しい音がして、目を覚ました。

ソファーから起き上がって、音がする方を見ると、誰かが、玄関のドアを激しく叩いている。

いったい、何……？

奈々枝が玄関のドアスコープから外を見ると、そこには見知らぬ中年の男が立っていた。男はドアを叩きながら、叫び始めた。

「おい、知ってるかっ!?　もうすぐ、人類は絶滅する！　宇宙人に皆殺しにされるんだよっ！」

「……」

「だから、その前に俺と一緒に死んでくれ！　一人で死ぬのは寂しいんだよ！」

「……」

奈々枝はぞっとした。この人、いったい何を言っているんだろう……。奈々枝はドアスコープから男の顔を凝視した。明らかに目の焦点がおかしかった。もしかしたら、すでに正気を失っているのだろうか……。

「おい、あんた、中にいるんだろ！　分かってんだよ、電気が付いてるからな！　女だって事も、分かってるからな！」

「……」

「このドアを開けろっ！　俺と一緒に死ぬんだ！」

外からガチャガチャとドアノブを動かす音がした。

「やめてよ……やめてっ！　警察を呼ぶわよっ！」

「警察なんてもう機能してない!!」

「……」

奈々枝は玄関から離れると、部屋の窓まで駆け寄った。そして、窓に付いているシャッターを急いで下ろしてから、部屋の電気を消した。

「おい、居留守を使うな！　開けろっ！」

男はドアを叩きながら叫び続けていた。奈々枝は暗闇の中、床に座り込んで、両耳を塞いだ。

寒さを感じて、奈々枝は目を覚ました。

いつの間にか床で眠ってしまったらしい。玄関から、もう音も叫び声も聞こえてこなかった。暗闇の中、スマホを探し当てて時間を確認すると、午前二時だった。奈々枝はスマホのライトを付け、玄関まで行きドアスコープから外を確認したが、もう、あの男はいなかった。ホッとしてベッドに入って眠った。

再び目を覚ますと、朝の七時だったが、シャッターを閉めているため、真っ暗だった。奈々枝はお腹が空いていたが、食べる物が何も無かったので、スマホのライト頼りにキッチンに行き、また水を飲んだ。雑草はまだ残っていたが、食べる気になれなかった。

「シャッターを閉めてると、朝でも暗いんだな……」

奈々枝はソファーに座ると、また寝転がった。

しばらく寝転がって天井を眺めていたが、ポツリと呟いた。

「……どうせ死ぬなら、最後に、何か、美味しい物を食べたいな……」

奈々枝はソファーから起き上がった。もしかしたら、今のような状況でも、それでも、開いている店があるかもしれない。奈々枝はパジャマを脱いで洋服に着替えた。そして、テーブルの上に置いてある、ヘルメットと、スマホと、財布をじっと見つめた。

奈々枝は財布だけを手に取ると、バッグに入れて、部屋から出て行った。

玄関のドアを開けると、眩しい陽射しが目に飛び込んできた。

「外は、こんなに明るかったんだな……」

奈々枝はマンションのエントランスを出ると、出来るだけ空を見ない様にして、歩き出した。


とりあえず、まずは駅前の商店街に行ってみた。奈々枝のマンションの最寄りの駅前にある商店街は割と大きな規模で、長く続く商店街に、食べ物関係の店がいくつもあった。奈々枝は商店街を歩きながら、一つ、一つ、店が開いているか確認した。

お蕎麦屋さん、ファストフード店、お弁当屋さん、昔ながらの喫茶店、チェーン店のカフェ、チェーン店のレストラン、ラーメン屋さん……。

だけど、そのどれもクローズの札が掛かっているか、シャッターが閉まっていた。奈々枝は諦めかけて、元来た道をUターンしようとした。電車に乗って、別の街で店を探そうと思ったのだ。

そこで、ふと、ある店に気が付いた。お蕎麦屋さんだった。すでにこの商店街には老舗のお蕎麦屋さんがあるのだが、こんな商店街の終わりの方に、新しいお蕎麦屋さんが出来てたなんて、気付かなかった……。

奈々枝はその店をよく見て、ギョッとした。営業中の札が掛けてあったからだ。

え、このお店、営業してるの……？

半信半疑の気持ちのまま、奈々枝は店の入り口の引き戸を開けた。

14

「いらっしゃいませ！」

店内から、元気な声が響いてきた。カウンターの中から、いかにも、会社の定年後に、夢だった蕎麦屋を始めました、という感じの六十代ぐらいの男性の店主が、穏やかな笑顔を浮かべていた。隣には奥さんらしき人もいた。

店の中はあまり広くなく、カウンターの席と、四つのテーブル席があった。

客はカウンター席に友達らしき若い男性二人、テーブル席二つに、それぞれ家族らしき人達が、座っていた。

それぞれの家族は、母親と父親、中学生ぐらいの女の子と、小学生ぐらいの男の子の四人と、母親と小学生ぐらいの女の子と、おばあちゃんの三人だった。

「カウンター席と、テーブル席、どちらでもどうぞ」

店主にそう言われて、奈々枝は空いているテーブル席に座った。昔からカウンター席は苦手で、空いていればテーブル席を選んでいた。もちろん、家族連れやグループの人達が来れば、譲るつもりでいた。

店主の奥さんらしき人が注文を取りに来て、テーブルにお冷を置いた。そして、

「作れるのはお蕎麦だけで、他には何もないんですけど……」

と申し訳なさそうに言った。奈々枝はそれでいいですと答え、シンプルにざるそばを選んだ。

ざるそばにはお茶がついてくるが、温かいお茶、冷たいお茶どちらがいいか聞かれ、温かいお茶を選んだ。

奈々枝はざるそばが来るまで、なんとなく店内の客の様子を眺めた。皆、静かに会話を交わしていた。たまに、小学生の男の子の、ひょうきんな声が響いた。そこには、穏やかな空気が漂っていた。

奈々枝は、自分は昔からずっと、こんな雰囲気が好きだったなと思った。家族でも友達でもない、赤の他人同士が集まっているのに、温かくて穏やかな一体感があって、皆がその一体感を大切にしている、そんな空間が。

思えば、私が家ではなく、わざわざ映画館まで出かけて映画を観るのは、皆と同じ映画を観て、同じ感情、同じ感動を共有する時間を味わいたかったからかもしれない。今まで、自覚が無かったけれど……。

そんな事を考えていたら、注文したざるそばが来た。お茶を一口飲んで、奈々枝は思わず、

「あったかい……」

と呟いていた。なんだか、お茶の湯気が目に染みて、泣きそうになる。

奈々枝は目の前のざるそばをじっと見た。さぁ、きっと、これが最後の晩餐だ。

そう思い、箸を手に取った。

その瞬間、店内に置いてあるテレビから、

「ニュース速報です」

という声が響いた。

ニュース速報……？

どこかで聞いた事のあるフレーズに引き寄せられ、奈々枝はテレビを見た。

さっきまで映っていたはずのバラエティ番組は中断され、そこには、男性アナウンサーが緊張した面持ちで映っていた。画面の右上には、ＬＩＶＥ、と文字が出ていた。

「今から、菅田総理大臣の緊急記者会見が行われます。首相官邸から中継します」

アナウンサーがそう言うと画面が切り替わり、総理大臣が映った。

総理は手に原稿を持っていて、その表情は、明らかに動揺していた。

だけど、その動揺がいったいどんな種類のものなのかは、読み取れなかった。

「国民の皆さん、今から私の言う事に驚かないで下さい。落ち着いて、聞いて下さい」

総理は、宇宙人が地球に襲来した時と、全く同じ事を言った。

奈々枝は、店内の緊張を感じ取っていた。私だけではなく、皆が、総理の言葉に全神経

を集中しているのが、分かった。総理は言葉を続けた。

「……かねてから、地球に襲来していた異星人達が、このたび、自分達の星に帰る事になりました」

店内は、静まり返っていた。

奈々枝は今、聞いた事が現実の事だと信じようとしたが、まるで夢の中の出来事のように感じた。

宇宙人が帰る……？　帰るって、ゲームをやめて、帰るって事……？

「今から、異星人から先ほど、新たに届いたメッセージを読み上げます。えー、私達は、このたびゲームを中断して、自分達の星に帰る事にしました。ゲームに少々飽きたというのもありますが、一番の理由はホームシックです。私達は、自分達の星が恋しくなり、帰りたくなりました。それでは皆さん、お元気で。あと、私達のやっていたゲームは、キャッチ・アンド・リリースなので、ご安心下さい。異星人からのメッセージは、以上です。それでは会見を終了します」

画面は再び切り替わり、元のバラエティ番組に戻った。

奈々枝は呆然と画面をみつめた。

……キャッチ・アンド・リリース？

それって……魚を釣った人が、魚をさばいて食べたりせず、生きたまま、海や川に戻す、あの方法の事？

釣った魚を、生きたまま、戻す……。

その時、店内にスマホの着信音が鳴り響いた。

鳴っていたのは、母親と小学生の女の子とおばあちゃんの三人家族の、母親のスマホだったらしく、母親はバッグから慌ててスマホを取った。

スマホを耳にあてた途端、母親は勢いよく立ち上がった。

「武志っ!?　本当に、武志なのっ!?」

店内の人全員が、母親の方を見た。

「何で、何で、お前……え、戻って来た!?　ＵＦＯから戻って来たっ!?　いったい、どういう事よっ！　今、家にいるのね？　いるのねっ！　絶対、動かないでそこにいて！

お母さん、帰るから、今すぐ帰るからね！」

母親はその後、電光石火の早業で会計を済ませ、家族皆と店を出て行った。

奈々枝は呆然と、その様子を見送った後、ハッとして自分のバッグからスマホを取り出そうとして、気が付いた。ああ、そうか……家に、置いてきたんだ……。

奈々枝は店内を眺めた。明らかに、さっきと様子が違っていた。さっきも穏やかな雰囲気を湛えてはいたが、今は、皆、明るかった。皆の顔に、笑顔が咲いていた。

奈々枝は目の前のざるそばをじっと見ると、ゆっくりと食べ始めた。

ざるそばを食べ終わり、会計を済ませ、背中越しに店主と奥さんの「ありがとうございましたー」の声を受け、奈々枝は店の引き戸を開け、暖簾をくぐって、空を見上げた。

そこには、ＵＦＯは影も形も無く、雲一つない、澄み切った青空が広がっていた。

15

宇宙人が言った通り、キャッチ・アンド・リリースにより、UFOに連れて行かれた人全員が、地球に戻って来た。もちろん、奈々枝の母親の真美子も、堀内も、最上も。

そして、世界中に、以前と同じ、宇宙人がやって来る前の日常が戻って来た。

奈々枝の会社も倒産から立ち直り、解雇した社員をほぼ全員呼び戻し、事業を再開した。奈々枝も最上も、森野も田中博美も会社に戻り、以前と同じように働くことになった。

日常が戻り、人々の生活が落ち着きを取り戻した頃、人々の心に、宇宙人に対しての、怒りが噴出してきた。キャッチ・アンド・リリースって。人間に対して、よくもそんな事をやりやがったな!! どうしてもやらずにはいられなかったのなら、せめて、事前にキャッチ・アンド・リリースだって言えよ！ 無駄に恐怖を煽りやがって！ と。

奈々枝は思った。

恐らく、宇宙人にとって、私達地球人が、ビクビクと怯えている姿を見る事も、娯楽の一つだったのだろう。本当に悪趣味な宇宙人だ。

奈々枝はUFOから皆が戻って来てから一ヶ月ほど経って、最上と久しぶりに居酒屋に飲みに行く事になった。電話では話していたが、会うのは本当に久しぶりだった。

奈々枝は、最上とまた会える事はもちろん嬉しかったが、最上に直接、聞きたい事があった。それは、宇宙人はいったいどんな姿形をしていたのか、という事と、UFOの中はいったいどうなっていたのか、という事と、槍で串刺しにされたはずなのに、何で生きてるのっ？ という事だ。母親の真美子に聞いてもよかったが、何故か、真美子は奈々枝の質問にいっさい答えてくれなかった。UFOの中の出来事は、もう忘れたいのかな、と奈々枝も気を遣い、それ以上は聞けなかった。

居酒屋で、最上は、もつ鍋を食べながら、言った。

「まず、槍で串刺しにされた件だけど、あれはそう見えるだけで、実は串刺しにされてないんだよ。あの槍は体を貫通しているように見えて、本当は、瞬間接着剤のようなものを、頭に張り付けているだけなんだ。体の下に貫いて見える槍の部分は、ＣＧなんだよ。まぁ、宇宙人の演出だよね」

「だから、音が全然しなかったんだ……」

奈々枝は納得した。接着剤を張り付けてたんなら、しないか……。

「あと、宇宙人の姿だけど、それは俺も見てないんだよね……。宇宙人とのやり取りは音声のみで、直接一度も会ってないから。音声は自動的に日本語に翻訳されててさ。俺だけじゃなく、皆、そうだったと思うよ。アメリカ人は、英語で聞こえるって言ってたし」

「そうなんだ……知りたかったのになぁ……残念」

「あと、ＵＦＯの中だけど、これは地球に戻される時、宇宙人と交わした契約で、いっさい口外したらいけない事になってるんだよね……」

「……そうなんだ、がっかり」

「でも、具体的には説明しちゃ駄目だけど、抽象的には説明していいみたいで、何ていうのかな……とにかく、広いんだよ」

「広い？」

「ＵＦＯって飛行機ぐらいの大きさに見えるだろ？　でも中は全然違って、もっとずっと広いんだよね。でも、もしかしたら俺が感じたその感覚は、メタバースとかＶＲのような物だったのかもしれないけどね……いや、でも実際に広かったのかな。そうじゃないと、人間を何千万人も収容出来ないもんな……。でも、UFOの数もかなり多かったしなぁ」

「その他に、何か特徴ないの？」

最上は考え込んで、腕を組んだ後、

「あ、これは言ってもいいかな。UFOの事じゃなくて、人間の事だから。あのね、UFOの中にいる時、体が軽いんだよ」

「体が軽いって……それは、どういう意味？」

「なんていうか、重力の重みから解放されたような、体中についていた鉛の重りを取って貰ったような感じ。でも空中に浮かんだりしないし、地面に足が付いた状態なんだけどね」

「へぇ……」

「でも体が軽いから、跳躍力が、すごいんだよね。高い所にジャンプして飛び乗ったり、高い障害物を軽々と飛び越えたり出来るんだ。なんかさ、自分が猫とか、別の動物に生まれ変わったような気分になったよ。あと、出される食べ物や飲み物が信じられないぐらい、美味しくてさ……」

「へぇ……」

「抽象的に一言でいうと、UFOの中は、竜宮城のような場所だったかな」

「……そうなんだ」

「だから地球に戻されるって知らされた時は、ちょっと残念っていうか。いや、もちろん嬉しかったけどね。でも、帰りたくない、ずっとここにいたいって、号泣していた人もかなりいたな……。その中には結婚していて、地球にパートナーや子供がいるって人もいたから、ちょっと見ていて複雑だったけどね……。でも、それだけUFOの中が、素晴らしい場所だったんだよね……」

「そっか……まさしく、天上の楽園だね」

「うん、空の上だから、そっちの方があってるかもな」

最上はもつ鍋を食べ終わった後、ほっけの塩焼きに箸を伸ばした。

「ねぇ、さっきから思ってたんだけど、ウ、最上君、何で今日は揚げ物を頼まないの？もしかして、食の好みが変わったの？」

最上は少し黙った後、

「俺、ダイエットしようと思ってるんだよね……」と呟いた。

「え」

「今回の宇宙人の事をきっかけにさ、今までの生き方をちょっと変えたくなったっていうかさ……そういう気持ち、分かる？」

奈々枝は最上をじっと見つめた。

「うん……分かるよ、私もそう」

「そっか。見ててよ、榎本さん。俺、ダイエットに成功して、超カッコよくなって、すっごい可愛い女の子を恋人にしてみせるから！」

「楽しみにしてる」

奈々枝はニッコリ微笑んだ。

それから三ヶ月ほど経ち、最上からラインが来て、奈々枝は久しぶりに飲みに誘われた。奈々枝は本当にウッシーヌが痩せて、超カッコよくなってたらどうしよう、とちょっと緊張して居酒屋に行ったが、そこには以前と全く変わらない、ふくよかな体形の最上がいた。

いや、以前よりも、更に増量したような……。

「食べてる時が、一番幸せなんだよね」

そう言って最上は満面の笑顔で、唐揚げを頬張った。

奈々枝は、そんなウッシーヌの笑顔を見ていると、なんだか自分も幸せな気持ちになれるから、彼と友達になれて良かったと、心から思った。


翌日の朝、いつものように会社に行く道を歩いている時、奈々枝は自分と同じように出勤していく人達の姿を、しばし立ち止まって眺めた。きっとこの人達もウッシーヌと同じように、なかなか上手くはいかないけれど、宇宙人の事をきっかけに、今までとは違う、新しい気持ちで生きているんだろうな、と思った。

そして、それは奈々枝も同じだった。

奈々枝は再び、会社に向かって歩き出した。

そして、歩きながら、空を眺める。

青い空。白い雲。

今、この瞬間、私達は皆一緒に生きている。


（了）

昨日とは違う彼女

1

「由希乃、お母さんはね、お星さまになったんだよ」

幼い頃、母がいなくて寂しいと泣く私に、ある日、父はそんな事を言った。その父の言葉を、私は信じた。そして、もう寂しくない、と思った。

だってお母さんは、いつだって空の上から、私の事を見守ってくれているのだから……。


「今日も柳原部長、機嫌が悪かったわね」

私の目の前でカルボナーラを頬張っている、私が勤めている広告会社の企画営業部の同僚の若林成美が、顔をしかめて言った。若林成美は私と同い年で、会社の席も隣なので、時々、ランチを一緒に食べる仲だ。私はたらこパスタを食べていた手を止めて、

「そうだね、体調でも悪いのかな」

と、無難に答えると、若林成美は首を左右に振った。

「違う違う、悪いのは体調じゃなくて、家庭みたいよ。なんでも、浮気がばれたみたい」

「えっ!? 柳原部長、浮気してたのっ？ なんか信じられない、柳原部長ってあんまり女の人に興味無さそうっていうか、家庭を大事にしてそうなのに……」

「違うのよ、浮気してたのは、柳原部長じゃなくて柳原部長の奥さん。奥さんが行きつけの美容院の美容師と浮気してるのがばれたみたいで、家庭が今、修羅場みたい」

「えー、奥さんが……。それで機嫌が悪いんだ……」

私は驚いた。柳原部長の奥さんが浮気していた事実もびっくりだが、そういう話をいちはやく知っている若林成美の情報通なところにも。いったい、どこからそんな話を聞き出してくるのだろう……。

「でも奥さんの気持ちもちょっと分かるわよね。柳原部長って良い人だけど、ちょっと退屈な感じだしね。それに奥さんって、一回りも年下みたい。そりゃあ、若くていい男に目がいくわよね」

「浮気相手、若くていい男なんだ」

「美容師って、大体そんな感じじゃない？」

「確かに、そうかも」

「でも、離婚はしないいんじゃないかな。子供もいるしね。奥さんに対してむかついてても、子供には愛情があると思うんだよね」

「確かに、そうかも」

私が無難な答えを返し続けると、若林成美は急に鼻白んだ顔をして私を見た。

「高橋さんってさ、本当に恋愛の話に興味が無いよね。こういう話に対して、ノリが悪いよね」

「不倫の話と恋愛の話は違うじゃない」

私は内心、ギクリとしながら、態度には出さずに返した。

「不倫だって一応、恋愛じゃない？　そういえば、高橋さんから彼氏の話とか聞いた事ないな。高橋さんって頭良さそうだから、恋愛なんかバカバカしいって感じ？」

「……別に、そんな事思ってないよ」

私はつい声が小さくなってしまった。

「そう？　でも高橋さんって確か私と同い年だから32でしょ？　32なんてまだ若いんだから、恋愛にもっと興味持った方がいいんじゃないかなぁ〜。そのままだと、前沢課長みたいになっちゃうよ」

若林成美は会社の同じ企画営業部にいる前沢志保の名前を出して、笑った。前沢課長はいわゆるお局様のような存在で、四十代後半で独身だが、仕事が出来るため、課の誰もが一目置く存在だ。

「そういえばさっき、柳原部長が前沢課長の事、すごい叱っててさ。まぁ、ただの八当たりだと思うけど」

若林成美は思い出したように言った。

「え、そんな事あった？　気付かなかった」

「高橋さんがちょうどトイレに行ってた時じゃないかな。もう、すごい剣幕だったんだから。ちょっとしたミスなのにさ」

「ふーん。でも、相手が前沢課長相手だったら、逆に言い返されそうだけどね」

「そうそう。前沢課長ってすごく気が強いもんね。でも……その時はなんだかいつもと様子が違ったんだよね」

「様子が違うって？」

「柳原部長に対して言い返すわけでもなく、かといって傷付いて落ち込んでる様子でもなくてさ、ただじっと、柳原部長の顔を眺めているんだよね……」

「……」

「それで柳原部長も怒りを削がれたのか、八つ当たりはみっともないって思ったのか分かんないけど、すぐに怒るのを止めたんだけどね……。なんか、不思議な雰囲気だったよ」

そう言うと、若林成美はカルボナーラを再び食べ始めた。


ランチを食べ終わり、私と若林成美は会社に戻った。私は自分の席で書類をまとめると、会議室に向かった。今日は午後から企画会議があるのだ。

会議室に入ると、柳原部長が私を見て、言った。

「高橋さん、前沢課長、知らない？」

「え？　まだ来てないんですか？」

私は会議室をぐるりと見回した。前沢課長はテーブルのどこの席にも座っていなかった。

「どうしたのかな……トイレにでも行ってるのかな。ちょっと見て来てくれる？」

「分かりました」

私は企画営業部のオフィスに戻ると、前沢課長がまだ席に座っているのを発見した。

「前沢課長、気分でも悪いんですか？」

私が声を掛けると、前沢課長は振り返った。その時、前沢課長がいつも身に付けている、金色の十字架のネックレスが揺れて、キラリと光ったように見えた。

前沢課長は私をじっと見た後、言った。

「めちゃくちゃ元気よ」

「じゃあ……早く会議室に行きましょう」

「会議室？」

「そうです。今日は会議がある日ですよ」

「会議？」

「はい」

「会議って何？」

「え……」

前沢課長は私をじっと見た後、ハッとした顔をした。

「あ、ああ……そうね、会議だったわね。嫌だわ、度忘れしてた」

そう早口で言うと、机の上の書類をパパッと素早くまとめ、席から立ち上がった。

「行きましょう、高橋さん」

「は、はい」

足早に歩く前沢課長の後を、私は慌てて追った。


会議が終わり、企画営業部の自分の席に戻ると、隣の席の若林成美が声を掛けてきた。

「前沢課長、今日は何で会議に遅れたの？」

「それが……なんか今日は会議があるって事を度忘れしてたみたいで」

「え、前沢課長が？　他の人ならまだしも、前沢課長が会議を忘れるなんて……。いつも、ばんばん会議で意見を出してるのに」

「そうだよね……」

「やっぱり、今日の前沢課長って、変だよね……昨日までの前沢課長と、様子が違う……」

「……」

仕事が終わり、一人暮らしのマンションに戻り、バッグから携帯を取り出すと、不在着信がある事に気付いた。父からだった。

私は父の携帯に電話を掛けた。

「お父さん？　私だけど……」

「あ、由希乃？　さっき電話掛けたんだけど……」

「ごめん、気が付かなかった。何か用事？」

「もうすぐおばあちゃんの三回忌だけど、戻って来れるか？」

「ああ……もうそんな時期なんだね……三回忌か……」

「早いよなぁ。あっと言う間だ……」

父は感慨深げに返してきた。祖母は仕事で忙しい父の代わりに私の世話をしてくれた。同居こそしていなかったが、料理や洗濯や掃除など家事全般を担ってくれていた。私は料理上手で優しい祖母の事が大好きだった。祖母が亡くなってから、私も父も、自分の人生の大切な部分が欠けてしまったような喪失感を覚えていた。

だけど、その喪失感を抱えたまま、生きていくしかないのだ。ずっと。

「大丈夫。有給を取って今年も帰るよ」

分かった、待ってるよ、と言って父は電話を切った。

私は携帯を机に置くと、窓を開けてベランダに出て夜空を見上げた。東京の夜空は街のネオンに照らされて、晴れていても星一つ見えない。

だけど、その光景は逆に私を安心させていた。私は夜空をじっと見つめた。

お母さんは、お星さまになったんだよ。

幼い頃、父が私に言った言葉を思い出していた。

まだ子供だった私は、その言葉を信じた。そして、いつも寂しい時、悲しい時は、夜空を見上げて、この星のどれかが母なのだと思い、慰められていた。

だけど、ある程度大人になった頃、私は父の言葉が嘘だった事を知る。

それから私は、夜空を見上げて星を見つめる事をやめた。

2

「高橋さん、これからお昼?」

エレベーターの前で財布を持って立っていると、後から声を掛けられた。振り向くと、前沢課長が立っていた。

「は、はい。そうですけど……」

私は前沢課長と仕事以外の事であまり話した事が無かったので、戸惑いながら答えた。

「私もそうなの。良かったら一緒に食べない? 私、この近くで穴場の美味しいお店知ってるから」

前沢課長は笑顔で言った。

「は、はい。分かりました」

私は断るわけにもいかず、前沢課長と一緒にエレベーターに乗り込んだ。そして、前沢課長お勧めのお店に向かった。そのお店は本当に近くて、会社から歩いて五分ほどのところにあった。外観は小さな洋風の平屋の家で、こじんまりとしていたが庭もついていて、ピンクの薔薇の花が咲いていた。こんな素敵なお店が近くにあるなんて知らなかったな、と私は驚きながら、店の中に入った。二人用のテーブルの席に着いてから、

「素敵なお店ですね」

と私が言うと、前沢課長は微笑んで、

「そうでしょ。私のお気に入りなの。高橋さんはいつもはどこで食べてるの？」

「私は大体、駅前の店が多いですね。チェーン店のファミレスとか、ファストフード店とかですね。安くて重宝してます」

「確かにそういう店って安いわよね。だけど、健康面を考えると、どうかな……」

前沢課長は眉間に皺を寄せて、言った。

「確かに、健康の事を考えるとあまり良くないですよね……でも、お弁当を作ろうと思っても、つい、面倒になっちゃって……」

「そうね、確かに大変よね。うちの会社はけっこう残業も多くて仕事がきついものね。だからこそ、たまには、こういうお店で食べるのもいいんじゃない？ ここのメニューは全部シェフの手作りで、栄養のバランスも考えてあるから。値段はチェーン店よりもちょっと高いけどね」

「そうですね」

私は内心ホッとしながら、答えていた。昨日はなんだか様子が違っていたけど、今日はいつもと同じハキハキした話し方をする前沢課長に戻っていた。やっぱり昨日は少し体調が悪かったのかもしれない。

料理が届いて、私と前沢課長は食べ始めた。私はオムライスのセット、前沢課長はボロネーゼのパスタのセットだ。私はいつも食べているチェーン店とは違う手作りの美味しさに感動しながら食べた。

「……実は、今日は高橋さんに話があるの」

「話？　何ですか？」

私は食事の手を止めて聞いた。前沢課長が私をランチに誘うなんて変だと思っていたが、やっぱり特別な理由があったのか。

前沢課長はコップの水を一口飲むと、私を真っ直ぐに見つめて言った。

「実は私、余命三ヶ月なの」

前沢課長は、実は私、三ヶ月便秘気味なの、というような軽いノリで、サラリと言った。


「前沢課長、こっちですよ」

私は違う方向に行こうとする前沢課長に、慌てて言った。

「あ、そっか、ごめんごめん。私、映画を観に行くの本当に久しぶりで、映画館の場所も忘れちゃったみたい」

前沢課長は申し訳なさそうに言うと、方向を変えて歩いて来た。私は前沢課長と映画館の中に入ると、まず売店に向かった。

「前沢課長、何にします？　私はコーラとポップコーンにしますけど」

「私もそうしようかな。あ、それと、その前沢課長って呼び方、出来れば外ではやめてくれるかな？　せっかく一緒に映画を観に来てるんだから、会社の事は忘れたいの」

「……じゃあ、何て呼びましょうか」

「シンプルに前沢さん、でいいわよ。私は今までと同じように高橋さんって呼ぶから」

「分かりました」

「あ、チケットって高橋さんが事前に買ってくれたんだよね。チケット代、払うよ。いくら？」

「2000円です」

その言葉を聞いて、前沢課長は、いや、前沢さんは、一瞬、時間が止まったようなポカンとした顔をした。

「に、2000円っ!?　嘘でしょうっ？　映画のチケット代がそんなに高いわけないじゃないっ！」

「前沢さん、実は私もコロナになってから、映画館で映画を観てなかったので最近知ったんですけど、以前の1800円から、値上げしてるんですよ」

「1800円っ!?　映画のチケット代がっ!?」

「え？」

「あ、ああ、そう……。そっか。いや〜、時の流れは早いわね。いつのまにかそんなに映画の値段って上がってたのね……」

前沢さんは本当に驚いたように言って溜息をつくと、財布から2000円を取り出し、私に手渡した。私はチケットを前沢さんに渡しながら、妙な違和感を覚えていた。

映画の値段が2000円になった事に驚くのは分かるけど、何故1800円だという事にも驚くのだろう……。映画の値段が1800円になったのは、かなり前だと思うけど…

……。

「さ、コーラとポップコーンを買いましょう」

前沢さんは笑顔でそう言うと、売店の列に並んだ。


映画館の席で前沢さんの隣に並んで映画を観ながら、私は昨日の事を思い出していた。

前沢さんは、一緒にランチを食べに行った店で、実は余命三ヶ月だと私に告げた後、こう言った。

「それで高橋さん、良かったらなんだけど……これから死ぬまでの三ヶ月の間、私と遊んでくれない？」

「え……遊ぶ？」

「そう……本当に、良かったらなんだけど。死ぬ前に、思い出作りがしたいんだよね。私、結婚していないし、両親もすでに他界していて、一人っ子だから、一緒に思い出作りをしてくれるような相手がいなくて……。恥ずかしい話だけど、特に仲の良い友人もいないんだよね……」

前沢さんは寂しそうに言って、俯いた。私はそんな前沢さんをじっと見た後、言った。

「いいですよ。私で良かったら」

「……ありがとう、高橋さん」

前沢さんは顔を上げて、本当に嬉しそうに、笑顔になった。

私は回想から覚め、隣の席で映画を熱心に観ている前沢さんの横顔を見た。

余命三ヶ月という人の頼みを断れるわけがない、と思った。前沢さんは冗談を言うようなタイプではないので、余命三ヶ月というのは本当の事なのだろう。

なんの病気かは分からないけど、発覚した時点で、すでに手遅れだったのだろう。その事を恐らく、前沢さんは最近知って、だから一昨日の前沢さんは様子がおかしかったのだろう……。

私は映画のスクリーンに視線を戻して、思った。

出来るだけ、前沢さんに楽しい思い出を作って貰いたいな……と。

それと同時に、どうして前沢さんは映画の値段を知らなかったのかな、という違和感も残っていた。


「それはさ、その人はたぶん、仕事を一生懸命頑張ってきたからじゃないかな」

私の疑問を聞いたお父さんは、携帯の向こうで、そう言った。

映画を観終わって家に帰った後、帰省する日程の打ち合わせでお父さんから電話がかかってきたので、さっきの前沢さんに対しての違和感について聞いてみたのだ。前沢さんの病気については話さなかった。

「ずっと仕事を頑張って来て、映画館で映画を観てなかったって事？　そんな事あるのかな」

「あると思うよ。その人って四十代後半なのだろ？　映画の値段が１８００円に上がったのって、かなり前だと思うから、たぶんその人は学生時代には映画館で映画を観ていたけど就職してからは映画館で観てなかったんじゃないかな」

「そうなんだ……そんな人、いるんだね……」

「俺の知り合いにも似たような人がいるよ。その人も四十代で、すごい仕事の鬼なんだけど、この前、音楽の話になったら、レディー・ガガを知らなかったよ」

「レディー・ガガを知らない……？　まさか……。だって洋楽に興味が無くても、テレビや雑誌に出てくるし、友達との雑談にも出てくるじゃない……」

「つまり、普段からテレビも雑誌も見てないし、友達とも雑談してないんだよ。じゃあ何をしてるかっていうと、仕事をしてるんだよね」

「……」

「その人は昔はサラリーマンだったんだけど、今は脱サラして会社やってるんだけど、すごい成功してるよ。でも、あれだけ仕事を頑張ってたら成功するだろうなって思うよ。その人は本当に仕事以外の事をすべてシャットアウトして、仕事にずっと一点集中してるみたいな感じだったからね。あ、結婚はしてるんだけどね」

「そうなんだ……すごいね」

　私は話しながら、前沢さんの事を思い浮かべた。そういえば、うちの会社で女性で管理職になったのは、前沢さんが初めてだという話を聞いた事があった。うちの会社は創業から五十年以上経っているまぁまぁ老舗の会社で、歴史がある分、昭和の雰囲気を多分に引き継いでいて、男尊女卑が激しい会社だった。どんなに能力があっても、女性であるかぎり、出世は出来ない。そんな暗黙の了解のような物を感じる。そんな会社で女性で課長になった前沢さんは、とてつもない努力をしたのかもしれない……。もしかしたら、仕事を頑張り過ぎた過労で、前沢さんは病気になってしまったのだろうか……。

　お父さんとの電話が終わると、着信があった。着信名を見ると、前沢さんだった。電話に出ると、前沢さんが明るい声で言った。

「あ、高橋さん？　最近天気が良いから、明日のランチは公園で食べない？　私、二人分のお弁当、作っていくから」

「……公園ですか。すみません、私、公園はちょっと苦手で」

「公園が苦手？　どういう事？」

　前沢さんは意味が分からない、といった感じで返してきた。

「……子供の頃、公園で嫌な事があって。それ以来、トラウマなんです」

　私が正直に話すと、前沢さんは、

「そっか……。じゃあ、しょうがないね。ごめんね、嫌な事を思い出させて」

「いえ、大丈夫です」

「じゃあ、明日のランチはこの前と同じお店に行こうか」

「はい、分かりました」

3

「高橋さん、今度の日曜日、何か用事ある？」

　この前と同じ店に入り、ランチを取っている最中、前沢さんが聞いてきた。

「いえ、特に何もありません。掃除でもしようかなって思ってました」

「じゃあ良かったら、うちに遊びに来ない？　うちっていっても、一人暮らしのマンションなんだけど。私、実はけっこう料理が得意なんだよね。手料理、ご馳走するよ」

「そうなんですか……分かりました、お邪魔します」

正直なところ、今まで仕事以外で全く係りのなかった前沢さんの自宅にいきなり行くのは、かなり抵抗があったが、招待を受ける事にした。なんといっても前沢さんは余命三ヶ月なのだ。出来るだけ、思い出作りに協力したい。

「高橋さんの好きな物作るわね。高橋さんの好物は何かしら」

「うーん、そうですね……実は私、好き嫌いがほとんどなくて何でも食べられるんですよ。だから、お任せします」

「そっか、分かった」

前沢さんは笑顔で言うと、フォークとナイフを置いた。お皿を見ると、もう前沢さんは食べ終わっていた。前沢さんは今日はハンバーグのセット、私はカレーライスのセットを頼んでいた。

前沢さんはナプキンで口元を拭くと、首にかけている十字架のネックレスを外し、十字架部分をナプキンで拭いた。私は不思議に思って聞いた。

「どうしたんですか？　ネックレスに何かついたんですか？」

「あ、そうなの。さっき食べる時、前かがみになったらハンバーグのソースが付いちゃったみたいで。このネックレスは私にとってお守りのような物だから、いつも綺麗にしておきたいの」

「前沢さんって、クリスチャンだったんですね」

「クリスチャン？　ああ……それは違うよ」

「え？　でも、十字架……」

「これはね、ネックレスの形をした、ピルケースなの」

そう言って前沢さんは十字架の上の部分を捻って、蓋のような物を取ると、十字架を傾けた。すると、テーブルの上にコロコロと丸い錠剤のような物が転がって出てきた。

「心臓の薬よ」

「え……心臓って……」

「私、子供の頃から心臓が弱くて、この薬は肌身離さず持っているの。あ、今、私がかかっている病気は、心臓の持病とは直接関係無いけどね。でも、元々身体が弱かったから、病気になっちゃったのかもしれないけれど……」

前沢さんは寂しそうに俯くと、テーブルの上の錠剤を指でつまんでピルケースに戻した。

私は前沢さんが心臓に持病があった事に衝撃を受けていた。私が知っている前沢さんは、いつもハキハキ、てきぱきしていて、人一倍行動的で、仕事が出来る人だったからだ。

もしかしたら前沢さんがいまだに独身で結婚していないのは、仕事に一点集中するためではなく、元々病弱だった事が原因だったのだろうか。仕事も結婚も子供も、すべてを手に入れようと頑張ったら、自分の体がもたない。そう思って、自分の人生の中で結婚する事と子供を産む事を諦めたのだろうか。その分、仕事を頑張ってきたのだろうか……。

「じゃあ、さっきの話だけど、日曜日、よろしくね」

前沢さんは薬を元に戻し終わると笑顔で言った。

「はい、楽しみにしてます」

私も笑顔で答えた。

日曜日になって、前沢さんの家の最寄り駅を出て、教えられた通りに道を歩いて行ったが、私は途中で道に迷ってしまい、前沢さんに電話を掛けた。

「すみません、ちょっと道に迷ってしまって……」

「今、近くに何がある？」

「えーと、あ……公園があります。噴水があって、かなり大きな公園です」

「そこまで来たらもう近くだから。公園を左手にして、真っ直ぐ歩いた後、交差点があったら右に曲がって。すぐに三階建ての白い低層マンションがあるから」

「分かりました」

前沢さんの言った通りに行くと、すぐに白いマンションが見えた。私はマンションのエントランスに入ると、階段を昇った。前沢さんの部屋である301号室の前まで来て、インターホンを押した。

「いらっしゃ～い」

前沢さんがドアを開けて明るく言った。


「どうぞ、召し上がれ。あんまり美味しくないかもしれないけど」

前沢さんは少し不安そうな表情になりながら、私の前の席についた。

「いえ、すごく美味しそうです」

私は正直に言った。テーブルの上に並んでいる料理はどれも、とても美味しそうだった。中でも、オムライスが美味しそうだった。

「そう？　良かった。本当はもっと凝った物にしようと思ったんだけど、ランチだから、軽い感じがいいかなと思ってさ」

前沢さんはホッとしたように言った。

「実は私、オムライスが大好きなんです。この前はリクエストするみたいで遠慮して言えなかったんですけど……」

前沢さんは私をじっと見て、呟いた。

「そうなんだ……やっぱり……」

「やっぱり？」

「あ、あのね、この前、私のお気に入りのお店に初めて行った時、高橋さん、オムライスを頼んでたでしょ？　だから、オムライスが好きなのかなと思って……。あ、そうだ。高橋さん、お酒飲める？　ワインもあるんだけど」

「飲めます。ワインも大好きです。あんまりアルコール度数が高いと駄目ですけど……」

「大丈夫、度数は低いから。赤と白、どっちがいい？」

「じゃあ白で」

「気が合うね。私も白が好き」

前沢さんは冷蔵庫からワインボトルを出して、笑った。

ワインを飲みながら食事をしていると、

「そういえば高橋さん、有給休暇の届けを出してるでしょ。どこか旅行にでも行くの？もしかして、彼氏と？」

前沢さんが笑顔で聞いてきた。

「いえ、違います。私、恋人なんていないので」

私は慌てて否定した。

「そうなんだ……でもまだ若いんだから恋人がいた方が楽しいと思うけど……。結婚願望とか、特に無いの？」

前沢さんが少し心配そうな表情で聞いてきた。

「無いわけじゃないんですけど……でも、私、自分に……自信が無くて」

「自信が無い？　どうして？　だって高橋さん、可愛いし、痩せていてスタイルも良いのに。会社で誰かいいなと思う人とかいないの？」

「……」

「あ､ごめんね、なんかカップルを作るのが生きがいの仲人おばさんみたいな事言っちゃって。でも、本当に高橋さんだったら、恋人を作ろうと思ったら、すぐ出来ると思うわよ」

「そんな事ないですよ、私より可愛い子なんてたくさんいるし。それに、自信が持てないのは外見もそうですけど……もっと、根本的に自分に自信が持てないっていうか……」

「根本的に自信が持てないってどういう事？」

「……上手く、説明出来ないんですけど」

「……そう。じゃあ、どうして有給を取るの？　友達と旅行？」

「いえ、実家に戻るんです。祖母の三回忌で」

「あ、そうなんだ……高橋さんのおばあ様、亡くなったんだね……」

前沢さんが同情的な口調で言った。

「はい。仲が良かったので辛かったですけど仕方ないですね、祖母はもう高齢だったので……。それに家族がいなくなるのは初めてではないので……」

「あ……そうなんだ」

「母が……私が子供の時に……家出してるんです。私が三歳の時に、母は、男の人と駆け落ちしたんです」

　私は気が付いたら、そう打ち明けていた。今までずっと誰にも話していなかった事を。

　前沢さんは何も言わず、ただ黙って私を見ていた。

「……子供の時は、母は病気で死んだって聞かされてたんです。父は私に、お母さんは病気で死んで、空のお星さまになったんだよって言ってました。私はその父の言葉をずっと信じていました。母は死んでしまったけど、病気だったんだから仕方無いって。そして、夜空の星を見ながら、母の事を思い出していました……ほとんど、母の事は覚えてなくて、顔も忘れているんですけど」

　私は話しながら、不思議な気持ちになっていた。何故私は、自分の人生の一番のトラウマを、会社の上司である前沢さんに話しているのだろう。どんなに仲の良い友達にも話してなかったのに。もしかしたら、前沢さんが余命三ヶ月だから、だから話しているのだろうか。だとしたら、自分はなんて浅ましいのだろう。

　相手が病気で、余命三ヶ月で、自分よりもずっと不幸な人だから、だから自分の不幸を安心して打ち明ける事が出来るなんて。そんな自己嫌悪の気持ちを抱えながら、それでも私の口は止まらなかった。

「だけど、高校生になった時に、父から本当の事を知らされたんです。母は、本当は病気で死んだんじゃなくて、男の人と駆け落ちしたんだって。好きな人が出来たから探さないで下さいって書置きを残して、突然いなくなったんだって。その事を知って以来、私は夜空を見上げて星を見る事をやめました。母に対して、愛情より、憎しみを持ってしまったから……」

「……」

「そして、思い出したんです。小さい頃の記憶を。私は子供の頃は家の一階の和室で父と母と私と、川の字になって寝てたんですけど、三歳の時、何か音が聞こえて、目を覚ましたんです。その時、いつもだったら隣で寝ているはずの母がいない事に気付きました。私が聞いた音は玄関が開いた音だったんです。私は母が家から出て行った事に気付いて、布団から起き上がって後を追いました。後姿しか見えなかったけど、母は男の人と一緒でした。私は二人を追って、夜の歩道を必死で走りました。そして、近所にある公園に辿り着いたんです。今思うと、どうして三歳だった私が大人二人の足についていけたか不思議なんですけど、子供なりに必死だったのかもしれません。母に追いつきたくて、母に、置いていかれたくなくて……」

「……」

「……でも、公園まで来た時、二人の姿を見失ってしまって。その後、公園で一人で泣いている私を警察が保護してくれたらしいんですが、それ以来、公園が苦手になってしまったんです。その時の事を思い出してしまうから」

「……そうだったんだ」

「はい……」

私は思い出した小さい頃の記憶を、全部は話さなかった。最後に残る、あの記憶。あれは幻想なのだ。母が男と駆け落ちしたという事実を否定したくて、私が頭の中で作り出した幻の記憶。現実じゃない。

「……すみません。こんな話を突然してしまって。迷惑ですよね。前沢さんの方がずっと、私よりも辛い状況なのに……」

「ううん、いいのよ。私の方から誘ったんだし、何を話そうと高橋さんの自由よ」

前沢さんは穏やかな口調で言った。

「……すみません」

前沢さんが優しい分、私の中にある罪悪感は余計に増してしまい私はまた謝った。場の空気を変えようとしたのか、前沢さんは話題を元に戻した。

「じゃあ高橋さんは、もうすぐおばあ様の三回忌で田舎に戻るのね」

「はい。一泊してすぐ帰って来ますけど。だから、その間は前沢さんとランチに行ったり、映画を観に行ったり出来ないんですけど……すみません」

「全然いいわよ。家族が大事な気持ちは私も分かるから。気を付けて行って来てね」

前沢さんはニッコリと笑った。

私はその笑顔を眺めながら、さっきからずっと、なんともいえない、懐かしい気持ちに包まれている自分に気が付いていた。


それから数日後、私は有給休暇で実家に戻り、お坊さんを呼んで祖母の仏壇にお経を上げてもらい、集まった親戚と食事をし、無事に三回忌の法要を済ませた。親戚は父方の人達ばかりで、母方の親戚は一人もいなかった。母が家出して以来、縁が切れていた。それから私は、久しぶりに実家で父とゆっくり過ごした。

父が作ってくれた焼き魚と野菜と豚肉の炒め物とお味噌汁の夕食を取りながら、

「最近、どうだ？　東京での生活は」

父は少し心配そうに尋ねてきた。父一人子一人なので、私が三十過ぎた大人でもやはり親心で心配になるらしい。

「まぁまぁかな。仕事はもう慣れたもんだしね。恋人とかは出来てないけど……あ、でも、最近、仲の良い人が出来たの。同じ会社の上司の前沢さん」

「前沢さんって、この前話してた映画の値段を知らなかったっていう人？」

「そうそう、その人。この前は前沢さんの家に行って手作りのオムライスをご馳走になったの」

「オムライスかぁ……由希乃、子供の頃から好きだもんな」

「なんか好きなんだよね。子供の頃から味覚が変わってないのかな」

「どうだろうな……もしかしたら、由希乃が小さい頃、お母さんがよく作ってくれたから、それで好きなのかも……あ、すまん」

父は申し訳なさそうに口をつぐんだ。父が私に、母は男と駆け落ちしたと真実を打ち明けた時から、母の話は、私と父の間ではタブーになっていた。

「そうなんだ……お母さん、オムライスをよく作ってくれたんだね。全然覚えてないや」

「由希乃はまだ三歳だったからな」

「……ねぇ、お父さん。私、全然覚えてないんだけど、お母さんって、どんな顔をしてた？」

私に聞かれて、お父さんは一瞬、驚いた顔をした後、遠い所を見るような目で言った。

「そうだなぁ……お母さんは丸顔で、目が大きくてクリッとしていて、子供のような顔をしていたな。背もあまり高くなくて、体形も小柄だったよ」

「お母さんって、そんな感じの人だったんだね……」

「ああ。でも、子供みたいな外見とは裏腹に、性格はしっかり者で、気が強くてハキハキした話し方をする人だったよ。お父さんはそんなギャップに魅かれたんだけど……。でも、お母さんが家を出て行った後、写真を全部捨ててしまったから、由希乃は顔を覚えてないよな。ごめんな」

父は申し訳なさそうに謝った。

「ううん、いいの。私もお母さんの写真なんか見たくないし……。あと、お母さんってお父さんと確か同い年だよね？」

「ああ、そうだよ。そう考えるとお母さんも、もう六十歳になってるんだよな。なんだか不思議な気持ちだよ。お母さんの若い頃しか知らないからなぁ……」

父は感慨深い様子でそう言うと、湯呑みのお茶を飲んだ。

父と母はお互い二十六歳だった頃に結婚し、二十八歳の時に、私が産まれたらしかった。

そして三十一歳の時に、母は父以外の男と駆け落ちをした……。

私は前沢さんの外見を思い出していた。前沢さんは細面で、目は切れ長で大人っぽい顔立ちをしている。背も女性にしては高い方だ。

「……お母さんの名前って、確か、江利子って言うんだよね」

「そう、旧姓は中川。それが？」

「ううん、何でもない。ちょっと確認したかっただけ」

私は食事を続けながら、やっぱり違う、と思った。バカげた考えだけど、もしかしたら……前沢さんは、昔、家出した私の母なのではないかと疑う気持ちがあったのだ。母は家出した後、私に会いたくなって、会いに来たのではないかと。

年齢や名前が違ってても、すごく外見が若く見える人もいるだろうし、名前も改名する事が出来る。だけど、あまりにも前沢さんと母は外見が違う。大きくてクリッとした目の人が、切れ長の目になったり、背の低い人が、高くなる事は難しいだろう。

それに、前沢さんは私が入社する前から今の会社にいるのだ。わざわざ私に会いに来たと考えるのはおかしい。私は内心、苦笑した。何故こんなくだらない妄想を思いついたのだろう。前沢さんとオムライスを一緒に食べた時に感じた、妙な懐かしさが原因なのかもしれない……。

私は妄想を掻き消すように、目の前の冷めたお茶をぐいっと飲み干した。

4

三回忌が終わって東京に戻り、私はまた前沢さんとランチに行ったり、休みの日には映画を観に行ったり、少し遠出して日帰りの旅行に行ったりした。

前沢さんはとても楽しそうだった。時々、本当にこの人は余命三ヶ月なのかな、と疑う気持ちにもなったが、命が残りわずかな時、人は最後の花を咲かすように急に元気になると聞いた事があったから、もしかしたら前沢さんもそうなのかもしれないと思った。

「あれ……前沢さんは？」

ある日、いつものように出社すると、まだ前沢さんが来てなかったので、隣の席の若林成美に聞いた。

「あれ？　そういえば来てないね。今日は休みなんじゃない？　前沢さんが休むなんてめっちゃ珍しいけど」

若林成美はさして興味が無さそうな様子で言った。

「……そうだね」

私は自分の席について仕事を始めながら、ふと、ある事に気が付いた。そういえば……前沢さんに余命三ヶ月と聞いた時から、ちょうど三ヶ月ぐらい経っている……。

まさか。まさか――。

私は不安な気持ちに包まれたが、慌ててその気持ちを打ち消した。いくら余命三ヶ月とお医者さんに宣告されたとしても、その期限ぴったりに人が死ぬわけがない。あと三ヶ月と言われた人が、その後、もっと長く生きた例なんてたくさんあるはずだ。私はそう思い、目の前の仕事に集中しようとした。だけど不安は募り、なかなか仕事がはかどらなかった。

お昼休みの時間になって私は急いで財布と携帯を持って部屋を出ると、前沢さんに電話を掛けた。

「あ、高橋さん？　ちょうど良かった。今、電話しようと思ってたのよ」

携帯の向こうから、前沢さんの明るい声が聞こえてきた。

私はホッとした気持ちになって、

「良かった……お休みしてるので、私、前沢さんに何かあったと思って」

「ああ、心配かけちゃってごめんね。ちょっと体調が悪かったから。あのね……実はちょっと、高橋さんに話があるの」

「話？」

「うん……大事な話」

前沢さんの声はいつになく真剣な様子だった。

「何ですか……」

私は前沢さんの真剣な様子につられて、緊張して聞いた。

「電話では話せない。今日の午後10時に、私の家の近くにある公園まで来て欲しいの。ほら、この前来た時、噴水のある大きな公園があったでしょ？　あそこに来て」

「午後10時って……どうしてそんな遅い時間に？」

「詳しい事は話せないの……大丈夫、話が終わった後、ちゃんと終電には間に合うと思うから」

「終電を気にしてるわけじゃなくて、私、公園が苦手で……」

私は言いかけて、ここで押し問答をしてもしょうがないと思った。何より、前沢さんの体調が心配だったので直接会いたいと思って、答えた。

「分かりました、行きます」


仕事が終わったのが午後七時半だったので、その後会社の側のお店で食事を済ませ、前沢さんの家まで電車で向かった。公園に着いた時間が、ちょうど午後10時だった。

「前沢さん……？」

私は広い公園をぐるりと見回した。遅い時間なので、人の気配はない。暗闇を公園の街灯がわずかに照らす中、秋を知らせる鈴虫の声だけが、静寂の中、響いていた。

「高橋さん」

「ひっ」

ふいに背後から声が聞こえて驚いて振り返ると、すぐ後ろに前沢さんが立っていた。

「あ、前沢さん、いつのまに……」

私がホッとして笑顔になりかけると、前沢さんはスッと腕を上に伸ばし、人差し指で空を差した。

「見て」

「え……?」

私は訳が分からないまま、言われた通り上を見ると、突然、ピカッと何かが光った。眩しくて思わず目を閉じてしまい、再び開けると、そこには、信じられない光景が広がっていた。

空に、夜空に……発光した、何かが、浮かんでいる。

巨大な……丸い……まるで……ＵＦＯのような……。

その丸い物体は音も立てずにすごい速さで地上に降りてくると、公園の地面に着陸した。

「私を、迎えに来たの」

前沢さんは冷静な口調で言った。

「む、迎えに来たって、どういう……」

前沢さんは私をじっと見つめて、告げた。

「私……本当は前沢志保じゃないの」

「……」

「私は、29年前、あなたが三歳の時に家出した、あなたのお母さんなの」

5

私は呆然と前沢さんを見た。

「さっきからいったい、何を言ってるんですか……？」

私はつとめて冷静な気持ちを保とうと努力していた。そうしないと、頭がおかしくなってしまいそうだったからだ。

前沢さんは私を見つめながら、

「……最初から、ちゃんと説明するね。迎えの船は、私の話が終わるまで待っていてくれるから。私は今から35年前、この地球に観光ツアーでやってきた、宇宙人なの」

「宇宙人って……観光ツアーって……」

「私の星では、けっこう前から宇宙船で他の星に観光に訪れる旅行が流行っていて、特に地球はすごい人気なの。観光に訪れるっていっても私達の存在が地球の人達に分からない様に、ひっそりとやる方法なんだけどね。どうして存在を隠すかっていうと、色々面倒な事態が起こる事を避けるため。私達は平和主義者で侵略戦争なんかする気は無いんだけど、地球の人達がそれを信じてくれるか分からないからね」

「……」

「観光の方法は、宇宙船から地球の自然の風景を眺めるだけ。私達の外見は、地球の人達とかなり異なっているから、地上に降りたら大騒ぎになるからね。ただ……どうしても地上に降りてみたいっていう人達はもちろんいるから……そういう人達のために、オプションがついてるの」

「オプション……？」

「追加料金はかかるけどね。地上に降りたい人達のために……地球人に乗り移る方法を取るの」

「乗り移るって……」

「……地球の生き物を例に説明すると、地球に存在する特定の菌は、虫のアリの脳を支配し、アリの筋肉を強制的に動かし、自分の意のままに操る事が出来るの。それと同じように、地球人の体を乗っ取り、自分の体として使うの。もちろん、私達は平和主義者だから、生きている人間の体を乗っ取ったりしない。乗っ取るのは、死人の体なの……」

「……」

「観光ツアーに出発する前、オプションを利用する人達のために、旅行会社は地球で近い内に死を迎える人達をリサーチするの。ちょうど旅行期間中にね。そうすると、ある程度の人数は見つかる。その中で、孤独死を迎える予定の人達が、ターゲットなの」

「孤独死……」

「一人暮らしで、病院にも施設にも入っていない人。そういう人は死を一人で迎える可能性が高い。つまり、死んだ時点では誰も、その人が死んだ事を知らない。そういう人の体を乗っ取って、その人に成りきって地上の生活を楽しむの」

「……」

「オプションの期間が終了したら、宇宙船が迎えに来てくれるから、その時、乗り移った体から抜け出して宇宙船に乗って帰るの」

「……じゃあ、前沢さんは、三十五年前にこの地球にやってきた宇宙人で、そのオプションを利用して、孤独死していた私のお母さんの体を乗っ取ったって事？」

「ううん、違う。私は地球に観光には来たけれど、オプションは利用してなかったの。だからすぐに自分の星に戻る予定だった。だけど……ハプニングが起きたの」

「ハプニング？」

「そう。私は宇宙船のバルコニーから外を眺めていた時、つい身を乗り出してしまって、宇宙船から、落ちてしまったの。体には万が一のためにパラシュートのような物が装着してあったから無事に地球に降りたけど、なかなか……宇宙船のスタッフが、私を発見する事が出来なくて。何故かというと、本来だったらすぐ居場所を発見するための発信機のような物を乗客は全員持ってるんだけど、私は地球に落下する時、その発信機を落としてしまったの」

「……」

「宇宙船からの迎えがなかなか来なくて、私は焦ったわ。何故なら私は、私達宇宙人は、地球人と見た目も違うけど、体の構造もかなり異なっていて、地球の酸素が、私の体には毒だったから……。短い時間、それこそバルコニーから地球の自然を眺めるために、五分とか、十分とか外に出るだけなら大丈夫なんだけど、七十二時間外にいて酸素を吸い続けると、私達宇宙人は死んでしまうの……」

「……」

「私は焦った結果、決してやってはいけない、禁忌を犯してしまったの……。もうそろそろ七十二時間経つ、限界だって時に、たまたま側を通りかかった地球人の体を乗っ取ってしまったの……。それが、あなたのお母さんなの……」

「……」

「私はあなたのお母さんの脳の記憶をダウンロードして、お母さんに成りきって、地球で生活するようになった。そして、あなたのお父さんに出会ったの……。やってはいけない事だって分かっていても、私はあなたのお父さんを好きになってしまって……そして、一年後、私達は結婚し、二年後に、あなたが産まれたの……」

「そんな……」

「私はずっとこのまま、幸せな生活が続けばいいと願っていた。でも……やっぱり、そんな事は許されなかった。宇宙船のスタッフは私をずっと探し続けていた。例えもう死んでいるとしても、その遺体を回収する義務が旅行会社にはあるから。そして、あなたが三歳の時、見つかってしまったの……。その時、生きている地球人の体を乗っ取った事もばれてしまい、私は犯罪者として連行される事になり、私の星に帰らなければならなくなった……。そして、帰る日の夜、好きな人が出来たから探さないで下さいと書置きをして、私を迎えに来た私の星の警察の人と、一緒に帰ったの……」

「……」

　私の三歳の頃の記憶がまた蘇った。あの時、母と一緒に歩いて行った男。あの男は、地球とは別の星の人間で、しかも警察官だったという事……？

　そして、そして。

私は、その時の最後の記憶、自分が頭の中で作り出した幻想だと思っていた記憶を、再び、蘇らせた。

あの時、私は追いかけて行った母を、公園で見失った……のではなく、公園で、母が、知らない男と一緒に、空に飛び立つのを見た。

巨大な、丸い、光り輝く大きな物体に乗って。

あの記憶は、幻想ではなかったと言う事なの？

「私は、あなたの本当のお母さん、中川江利子さんの体のまま、自分の星に戻った。中川江利子さんの体を抜け出して、元の体になって戻ると、中川江利子さんの死体が公園に残る事になって、大騒ぎになるから。一度、私達宇宙人に体を乗っ取られた人間は、私達が身体を抜け出した後は、死んでしまうの。私の星に戻ってから、私は元の体に戻った。体の構造が違うから、元の体に戻らないと、今度は私が死んでしまうから。あなたのお母さんの体は私の星の政府によって、手厚く葬られたわ……」

「……どうして、また、地球にやって来たの？」

「それは……あなたに会うため。大人になったあなたに会って、真実を伝えるため。あなたはこの前、自分に根本的に自信が持てないって言ってたわよね。それはもしかしたら……子供の頃に、母親に捨てられたって事がコンプレックスになってるからじゃないかしら。母親に捨てられるような自分が、母に愛されなかった自分が、誰か他人に愛して貰えるわけがない、そんな風に思い込んでいるから、自信が持てないんじゃないかしら……」

「……」

「それは真実じゃなくて嘘だって伝えたかったの。だって私は、あなたの事を、本当に愛していたから……それだけを、伝えたかったの」

「……どうして、今になって」

「……私は犯罪者としてずっと刑に服していて、最近、刑期を終えてやっと刑務所のような所から出所出来たの。そしてすぐに観光ツアーに申し込んで、オプションをつけた。出来れば乗り移る人間は、あなたの知っている人が良かった。オプションの期間は三ヶ月しかないから、全く知らない人に乗り移ると、あなたに信用してもらうのに時間がかかるから。そして、偶然、同じ会社にいる前沢志保さんが旅行期間中に心臓発作で亡くなる可能性が高い事が分かったの。そして、本当に亡くなった。一人暮らしの部屋で、誰にも知られずに。私は亡くなった前沢志保さんに乗り移り、脳の記憶をダウンロードして、あなたの会社に勤め始めた……。初日はまだダウンロードが完全じゃなくて、とんちんかんな事を言っちゃったけどね。私は三ヶ月の間、あなたと思い出を作りたかったの……そして、真実を伝えたかった」

「……」

「どうしてオプションが三ヶ月かというと、生きている人間の体に乗り移ると、その人間の寿命が来るまで、自分の意のままに動かす事が出来るんだけど、死体に乗り移ると、動かせる期間が限られているからなの。その期間が、三ヶ月」

「……でも、どうして、私だけに会いに来たの？　お父さんは？　お父さんだって、お母さんがいなくなって……お母さんが他の男の人を好きになったと思って、すごく傷ついているのに。お父さんにはどうして真実を伝えないの？」

「……今更、彼に真実を伝えても、私は彼の側にはいられないから、彼は何もしらないままの方がいいと思う。それに彼は傷付いた心をきっと自分の力で治す事が出来たと思う。何故なら心を傷付けられた時、彼はもう、大人だったから」

「……」

「でもあなたは違う。あなたが心を傷付けられた時、あなたはまだ子供だった。まだ三歳だった。私はあなたの心に大人になってもずっと消えない大きな傷を付けてしまった。だからどうしても誤解を解きたかったの……」

「……」

「……もうそろそろ、行かなきゃ。あなたの本当のお母さん、中川江利子さんを殺してしまって、本当にごめんなさい」

「……」

前沢さんは側に着陸しているＵＦＯの方を見た。

「今、迎えに来てくれている船の中には、私の星の警察の人がいるの」

「え……？　だって、もう刑期は終えたって……」

「……私の星の法律で、ある星で犯罪を犯したら、もう二度とその星には行ってはいけないという決まりがあるの。だけど､私はその決まりを破って､不正に偽造パスポートを作って貰って、また地球に来てしまった。だから、その罪を問われるの。今度は初犯じゃなくて二回目だから、もっと重い罪になると思う。恐らく、終身刑か……ううん、たぶん死刑になると思う」

「死刑って……」

「でも、それでもいいの。それは私が受けなければいけない罰だと思っているから。私が過去に、人に対してやった事が、自分に返って来ただけだと思うから。私は昔、あなたのお母さんを殺しているんだから……」

「……」

「……最後に、あなたにもう一つ、伝えたい事があるの。由希乃、私の一番の願いは、いつだってあなたに幸せになってもらう事なの。あなたがどこにいて、誰といて、何をしているかが重要ではなくて、あなたがどこにいても、誰といても、何をしていても、幸せでいてくれる事。それが一番、大切な事なの……」

「……どうして」

「え？」

「どうして、オプションの三ヶ月の期間が終わってから、ＵＦＯで警察が来たの？　あまりにもタイミングが良すぎない？」

「……」

「まさか、自分で、通報して……」

「……さようなら、由希乃」

「……待って！　あなたは私のお母さんを、中川江利子さんを殺してしまったっていうけど、でも、あなたが私のお父さんに出会った時は、もう、中川江利子さんではなく、あなただったんでしょう？　あなたの心で、私のお父さんを好きになって、そして、私が産まれたんでしょう？　だったら、中川江利子さんは体だけを借した、代理出産みたいなものだったっていうか……」

「……」

「私のお母さんは、やっぱり、あなたなんだと、思う……」

「……ありがとう」

前沢さんがそう言った瞬間、前沢さんの頭から突然、青い炎のような物が噴き出した。それから、前沢さんはゆっくりと倒れ込んだ。私の目の前で、青い炎がゆらゆらと揺れている。まさか……これが、お母さんの、本体？　前沢さんの体は、まるで蛇が脱皮を終えた後の抜け殻のように、ぐにゃりと地面に横たわっていた。

その時、ＵＦＯの扉のような物が音もなく静かに開いた。

青い炎は、ゆっくりと扉に向かって動いていった。

「……待って！　お母さん！」

私の呼び止める声に、青い炎は立ち止まったように見えた。

「私……私……信じないから！　お母さんが死刑になるなんて信じない！　お母さんは生きてるって信じてるから！　だってずっとずっと信じてたもの！　お母さんは絶対どこかで生きてるって！　たとえもう会えなくても、お母さんはどこかで必ず生きてるって、ずっとこれからも信じてるから！」

青い炎はゆらゆらと揺れていた。そして、一瞬、青い炎が柔らかいピンク色に変わった。まるで微笑んだように、見えた。

次の瞬間、青い炎はＵＦＯの中に消えていき、ＵＦＯは夜空に向かって飛び立ち、あっという間に見えなくなった。

私はただ呆然とその場に立ち尽くし、いつまでも夜空を見上げていた。

翌日、公園で、前沢さんの遺体が犬の散歩をしていた男性に発見され、その報を受けて、私の会社は大騒ぎになった。

だけど、警察の検死の結果、殺人事件などではなく、前沢さんが以前から抱えていた心臓の持病が原因で亡くなった事が分かると、社内は落ち着きを取戻し、一週間もすると、元の日常に戻っていた。

だけど、私の心の中では、何かが変わっていた。人から見れば、以前と何も変わらないように見えたかもしれないけれど、確かに、何かが変わっていたのだ。

前沢さんから……お母さんから、真実を聞かされる前の、昨日までの私とは、違う私になっていた。

私はそれでも表面上は以前とは変わらない生活を送っていた。朝起きて、会社に行き、仕事をして、帰る。だけど、時々、残業で遅くなった日には、歩きながら夜空を見上げるようになった。以前は決して見る事のなかった夜空を。

街のネオンで見えないけれど、確かにそこに存在する、星を見つめる。

そして、星を見つめながら、母が残した最後の言葉を思い出す。

あなたがどこにいて、誰といて、何をしているのかが重要ではなくて、あなたがどこにいても、誰といても、何をしていても、幸せでいてくれる事。

それが一番大切な事なの。


（了）

※この小説はフィクションです。実在の人物、団体とは関係ありません。

著者紹介

時野かな（ときの・かな）

東京都在住。

本書「水中を泳ぐ魚のように」でSF作家デビュー。

年齢、性別は非公表。

水中を泳ぐ魚のように

2024年　6　月　26　日　初版第 1 刷発行

著　者——時野かな

発行者——菅原直子

発行所——株式会社街灯出版

〒306-0101　茨城県古河市尾崎 3920-1

ＴＥＬ　0280-23-6625

東京営業所ＴＥＬ　03-6662-4095

製本所——文唱堂印刷株式会社

印刷所——文唱堂印刷株式会社

ISBN978-4-910508-02-3